人类图气象报告

爱自己，别无选择

每天练习跟自己在一起

乔宜思（Joyce Huang） 著
偏执黑 摄影

华夏出版社
HUAXIA PUBLISHING HOUSE

图书在版编目（CIP）数据

爱自己，别无选择：每天练习跟自己在一起 / 乔宜思著；偏执黑摄. —— 北京：华夏出版社，2018.1
 ISBN 978-7-5080-8820-4

Ⅰ.①爱… Ⅱ.①乔… ②偏… Ⅲ.①随笔 - 作品集 - 中国 - 当代 Ⅳ.①I267.1

中国版本图书馆CIP数据核字(2016)第104687号

©乔宜思（Joyce Huang）
本著作中文简体版由成都天鸢文化传播有限公司代理，经本事文化股份有限公司授予华夏出版社独家发行，非经书面同意，不得以任何形式，任意重制转载。本著作仅限中国大陆地区发行。

版权所有，翻印必究
北京市版权局著作权登记号：图字01-2016-0556号

爱自己，别无选择：每天练习跟自己在一起

作　　者	乔宜思（Joyce Huang）
摄　　影	偏执黑
责任编辑	陈　迪

出版发行	华夏出版社
经　　销	新华书店
印　　刷	北京华宇信诺印刷有限公司
装　　订	北京华宇信诺印刷有限公司
版　　次	2018年1月北京第1版　2018年1月北京第1次印刷
开　　本	880×1230　1/32开
印　　张	8.25
字　　数	75千字
定　　价	39.00元

华夏出版社 网址：www.hxph.com.cn 地址：北京市东直门外香河园北里4号 邮编：100028
若发现本版图书有印装质量问题，请与我社营销中心联系调换。电话：（010）64663331（转）

目录

愿我们同在、活在这璀璨的宇宙里　　Joyce Huang

相信自己的心、相信独一无二的自己　　林忆莲

第一章
这世界上的人何其多，
却只有一个你

幻觉欺人 / 002

所以，你给我听好!! / 004

想一想，对你来说，怎样才算够好？ / 006

总是有人会讨厌你 / 008

照顾自己，做有意义的事 / 010

令人讨厌的受害者的一生 / 012

洞悉 / 015

你的风格会说话 / 017

你是自由的 / 019

孤军奋战 / 021

成熟与自己同在 / 023

羡慕 / 025

听身体的话 / 027

尊敬自己 / 030

因为你很酷 / 032

无法逃避,自己的才华 / 034

使命感 / 036

全世界所有的知识 / 038

理直气壮地,活着 / 040

你的天分 / 042

空巷 / 044

对自己坦白 / 046

有一天,当你被看见 / 048

你的韵律 / 050

这世界有高低贵贱之分吗? / 052

哎呀,你!! / 054

开始,是最美的方式 / 056

这世界上的人何其多 / 058

第二章
**不是没有路,
只是还没到**

以你的方式来 / 062

绕路去看花 / 064

失败是一种经验 / 066

说话说出一朵花 / 068

追寻答案到最后 / 070

为身体做一件事 / 072

那些没有给你的机会 / 074

如果这是你的道路 / 076

那些看似微细的事物 / 078

你不需要那么多 / 080

不要回头看 / 082

做到之前,看来总像不可能 / 084

我们要的不是烟花,是长久 / 086

宇宙会温柔回答你 / 088

老天爷的时间表 / 090

信念的力量 / 092

创意前一片黑暗 / 094

春来草自生 / 096

不要轻易背叛自己的灵魂 / 098

喝杯茶吧 / 100

耐心 / 103

投降 / 105

不必急 / 107

你在看哪里? / 109

够了没? / 111

优雅的原因 / 113

最坏是最好的事 / 115

神很忙 / 117

你不必永远是对的 / 119

对过往的顿悟 / 121

不是没有路,只是还没到 / 123

静待 / 125

当下诚可贵 / 127

追着跑 / 129

做该做的事,包括感伤 / 131

不会放弃,爱的勇气 / 133

有些事情你现在不必问 / 135

你需要相当程度的自以为是 / 137

傻瓜可以当一次 / 139

当你以为 / 141

经过多年以后 / 144

关于能力不足这件事 / 146

有一天终将分离 / 149

第三章
**蜕变
没什么道理**

存在 / 152

整合,让我们更强大 / 154

重点是那些爱着你的人 / 156

不必讨好,把事情做好 / 158

冒险的开始 / 160

蜕变没什么道理 / 162

限制与自由 / 164

有料的人不怕 / 166

评断 / 168

回归基本面,好好解决问题 / 170

了解人性,就能适应 / 172

衰鬼莫近,暖流汇集 / 174

徒劳无功之余 / 176

开始 / 179

一千颗星星的光亮 / 181

影响力 / 183

回旋 / 185

无心？之过？ / 187

你只需要飞翔 / 189

是的，你问了这个问题 / 191

去做一件你真正在意的事吧 / 193

定数 / 195

我会活得更好 / 197

第四章
**准备好，
大显身手吧！**

有些事情，并不是你的问题 / 200

再说一句都嫌多 / 202

你所热爱的，就是道路 / 204

简单的人最聪明 / 206

跳入的瞬间 / 208

谁说的？是我。/ 210

你不需要成为一个讨好人的人 / 212

错的人 / 214

无私的心 / 216

世界会走到你的面前来 / 218

整体运作的法则 / 220

翅膀 / 222

赚多少，老天爷注定好 / 224

不要放大自己的问题 / 226

翅膀下的风 / 228

人之患 / 230

鲤鱼跃龙门 / 232

坚持去做，你认为是对的事 / 234

准备好，大显身手吧！ / 236

人生苦短，请放手去做！ / 238

你不需要成为超人 / 240

别想改变任何人 / 242

老实行动的人最有福 / 244

喝完这杯，外头阳光灿烂 / 246

光阴是把刀 / 248

愿我们同在，
活在这璀璨的宇宙里

—— Joyce Huang

　　一开始写人类图气象报告，是因为有趣好玩，像是一个好奇心的实验。

　　实验，每一天观察人类图流日的变化，然后像是写代码一样，把宇宙的密语，透过文字诉说出来，像是一个游戏。

　　没想到，从第一天开始玩，开始写，就这样一路停不下来，累积超过一千篇，那应当是一千个日子，宇宙星辰与我的私语。

　　只是这私语，开始展现其扩散的威力，我在博客上、脸书（Facebook网站）上所发表的这一篇又一篇"人类图—今日气象报告"，默默地，神奇地，各自找到应当读到它的人，完成任务之后，宛如流星，在每个人的心上，留下一道温暖，或光影，或彩虹，这是极个人的体验，难以清楚说明，究竟是什么原因。

于是，越来越多人记住了人类图气象报告，这原本仅仅只是星体运行对我说的话，而这些文字与话语，成了一条缘分的细线，引发更多人的好奇，开始渴望知道人类图，开始希望借由人类图来更了解自己，因为他们总是追问：

什么是回到内在权威与策略？

我会说，那是一条充满魔力的线索，每一次，都能让你依循着真正的自己，做出正确的决定。

接着，你会感觉和自己很亲近，虽然有时充满力量，有时没有，但是那都很好，因为你拥有的是自己的真实，无论喜怒哀乐，都是活着，珍贵的体验，体验你的体验，做你自己。

到后来，我喜欢人类图气象报告，不仅只是一个实验或游戏，是因为，有了这些文字，我们开始相互认识，彼此熟悉，一起呼吸着，似乎能听见彼此心跳的声音，无人是孤岛，星星运行影响着我们，而我们每个人与星辰其实无异，一闪一闪，亮晶晶。

在此我要谢谢小敏，没有你的慧眼，就没有我的书。谢谢老王，你懂得我的渴望，最后要谢谢偏执黑，你的眼睛总能看见这世间难得的美丽，谢谢你的摄影作品，丰盈了每个人的心。

最后，谢谢曾经阅读过这里每一篇文字的你，我们同在，活在这璀璨的宇宙里。

相信自己的心，
相信独一无二的自己

——林忆莲

我拥有一颗石头，她的名字叫安达拉（Ane'la），湖水蓝色的清澈形态和线条像极了一颗心，找寻这颗心的旅程，是迂回有趣的一个过程。

引用Joyce在这本新书里其中一篇《定数》里的话：这世界上每个人与每件事都以奇妙而准确的状态相衔接，相倚相依……

第一次看到安达拉，是跟Joyce的第二次碰面之后。一天早上，收到她从台北寄来的一个浅黄色的公文包。小石头暗藏着生命的震动频率，早就跳出了保护她的紫色丝绒小包，随着公文包里盛载的书本和卡片一起滑出，落在我的手心……

认识Joyce，是从人类图气象报告开始，不太知道怎么去确切地形容Joyce的文字震撼我的感觉，是一股温暖而绵绵厚实的感动，有一种温柔却澎湃的力量。她的文笔细腻清晰地紧扣着我心底最脆弱的纠结和不安，仿佛她是一直守护着我的天使，默默地在我背后观察，洞悉我的喜怒哀乐。然后，选择在我最需要力量的时候拍拍我的肩膀跟我讲话。有时候，又仿佛听一个慈祥的长者，带着无比的智慧和幽默，从容但肯定地告诉我，没有什么是过不去的！没有什么是非得这样不可的。常常在读她的气象报告的当下，眼泪释放，心头那大颗小颗的石头，终于被一一瓦解。

我对人类图的认知很浅薄。但我的确认同并坚信每个人都是独一无二的。而每段相遇都有设定的机缘，都有暗藏的玄机。从接触Joyce的文字，到认识她，到今天为这些深深打动我的文字集成的一本书写序，我深信并赞叹这冥冥中微妙的安排。

在自我探索和成长的过程中，我们会很直接地去审视自己跟身边每个人的关系。而往往忽略了最重要的是自己跟自己的相处是否有一种坦然安心的平衡。我希望大家能细细品味Joyce的文字，从中找回你的内在权威与策略，相信自己的心，相信自己，爱自己。

第一章

这世界上的人何其多,
却只有一个你

幻觉欺人

今天适合静下来，中立而客观地、好好检视自己截至目前的人生中，累积的诸多结果。

这包括了你现在正从事的工作或事业（你喜欢每天去工作吗）、你的人际网络（你喜欢自己的朋友圈吗）、你的另一半（你身边是否有所爱的人）、你的财务状况（你满意吗）、你的身材（你喜欢你的身体吗）……把自己不尽满意，正让你苦恼挫败的部分，摊开来看一看。

这是截至目前的成果揭晓，如果你愿意对自己诚实，这就是你想要创造出来的结果，这是真相。其余的，是包裹在真相周围的自圆其说，美丽虚华如同包装纸一样脆弱。

请回到你的内在权威与策略，幻觉欺人，若能看透自己真正的意图，才有机会，重新再做一次选择。

选择你想拥有一个什么样的人生，然后，真正拥有它。

这世界上的人何其多,却只有一个你

所以，你给我听好!!

　　你的每一样能力，不管你喜不喜欢，都是老天爷给你的礼物。想象，他笑意盈盈地给了你这样，又给了你那样，每一样能力都带着无限深远的祝福。

　　这祝福不是只给你这个人，而是期待能够透过你，让这看似微小的祝福得以扩散，像一团团柔和的光，一圈一圈又一圈地向外扩散着，让人与人之间得以相互支持，彼此散发力量，连接成正向的网络，无穷无尽扩散至更多更远的地方。

　　所以，你给我听好!!

　　你的能力，不是让你妄自菲薄、虚度光阴，更不是要你恃才傲物、眼高于顶。你的才华是一份珍贵的礼物，你把自己贡献出来，就能使更多人因为有你，这个世界因为有你，而变得更好。

请回到你的内在权威与策略，失去信心的时候，迟疑的时候，看见自己，记起你是谁。

你是一份宇宙无敌最厉害的……爱的礼物。

想一想，对你来说，怎样才算够好？ ▸

一山更比一山高，好还可以更好，拼命努力的出发点是因为恐惧，想证明自己，还是源于真心的渴望？

对自己诚实，把真实的答案收在心里，不时可以拿出来提醒自己。

如果还有恐惧，不要继续否定内心曾经受过伤的自己。如果还想证明，就尽情用力去证明之后，再回头彻底检视，看看自己有没有更快乐、更满意、更知足。如果源于真心的渴望，你会明白，什么是像一把火在内心燃烧，源源不绝的动力所带来的炙热与感动。

怎样才够好？

你的出发点会带着你翻山越岭，折腾良久，而这答案，往往总要经历过许多自认为不够好的时刻，才能平心静气去

看待。

请回到你的内在权威与策略,如果你愿意,今天请花点时间与自己独处,把认为不够的地方,彻底想一遍,然后,记得再想一想,自己有多好。

爱你自己。你很好、很美好。

总是有人会讨厌你

这世界有人喜欢你,自然也会有人讨厌你。

来自外在的喜欢或讨厌,有太多不可控因素,若只求取悦众人,那这条路苦涩无尽头,何必把自己的努力放在这上头,值得思考的反倒是:我喜欢我自己吗?我有没有忠于自己呢?现在的我,所认真坚持的一切,是不是自己真心喜爱的事情呢?

取悦你自己。

若你所走的这条路无愧于人,也无愧于心,同时能带来美好与良善,走着走着,无形中也就利益了众生。

请回到你的内在权威与策略,其余的是非,学习豁达,且乐生前一杯酒,何需身后千载名。

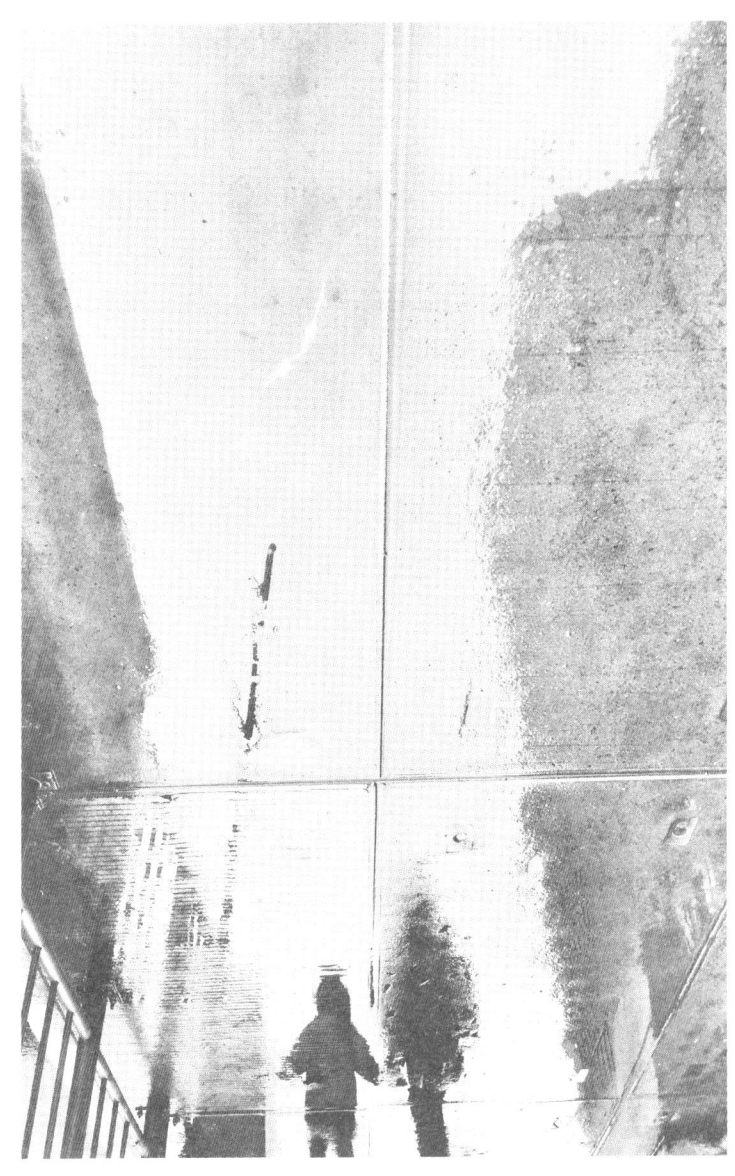

这世界上的人何其多,却只有一个你

照顾自己，做有意义的事

聆听周围的意见，感受每一种感受，在这个价值观错乱的世界里，依旧昂首行走，以你的风格，以你的姿态。

你认定的，对自己有意义的事情，极有可能与其他人想的都不相同。既然如此，到底谁是谁非？而你的坚持又是对是错？没有人可以为你回答，我们都要以自己的方式，以自己的生命去验证，去体悟。

人身可贵，存活是身为人最基本的需求，照顾自己的身体、延续生命，你可以选择只是活着，凡事谨慎小心，只求安全就好，你也可以选择燃烧自己的热情，秉持旺盛的生命力，朝着你认为有意义的方向走去，活出真正的自己，平和而坚定。

若此生能够臣服于一个更高的信念与原则，远远高于自身生命的价值,那是幸运的。

这是一段非常个人的历程,精神上所追寻的意义,看似虚无缥缈,却在灵魂层次有着不可动摇的力量,足以化不可能为可能。

请回到你的内在权威与策略,好好照顾自己,做有意义的事。

今天,一起加油。

令人讨厌的受害者的一生 ▶

"受害"是一种心态，意思就是，都是别人害的，别人害我如何如何，别人害我怎样怎样，讲得好像人生软弱无力，失去力量的自己只能活得像一摊烂泥，而我今天变烂泥，说来说去还不是这整个烂泥又负面的世界害的，为了融入这个世界以及与人为善（自以为），只好舍我其谁，就算有人的生命宛如春花，我好可怜只能当烂泥。

好的，这篇气象报告可能有点长，我们今日深入探讨一下，让一个人变身受害烂泥的历程。

受害者，其实皆有一个隐藏的症结，那就是：没有能力处理自己的困惑。

人生在世，谁人没有有困惑的时候？承认吧，我们不知道生命会如何开展，也不知道未来该怎么办。困惑，说穿了就是生命的本质，但是人在成长过程中，却鲜少有机会好好学习如何成熟面对自我的困惑，更别说如何处理或穿越它了。

我们对自己的困惑感到着急、不耐烦、沮丧、恐慌、愤怒……于是，像是为了快速解决问题，甚至是出于逃避的心态，我们饮鸩止渴般听取了别人的意见与想法，在缺乏谨慎思考、丝毫没有内化的状态下，急匆匆地，服从于别人的指引与意见，朝着别人认为会更好的方向（你的意见呢？你认为呢？你的思考判断呢？通通消失了。）盲目前进，以为困惑就此烟消云散，却没料到，当事情不如预期，当未来涌现更多困惑，我们只好变本加厉地，将箭头指向那些过往提供意见的人身上，都是别人的错……

你看见这其中的关联了吗？

因为我没有能力处理自己的困惑，所以顺从了别人的模式，却没料到这模式可能根本不适用于自己，过去的我很乖，我听从了，落得现在的我感觉很糟糕，因为我觉得自己被骗了，我走到了一个我不想到达的地方，而这一切，都是别人的错？

真的是别人的错吗？

是你，"选择"随波逐流。是你，"选择"顺从甚至盲从。是你，"选择"自认无知并轻如鸿毛般地活着。是你，"选择"轻易将自己的力量丢掉。是你，"选择"廉价附着于他人的意志。是你，"选择"渐渐失去自己的独立性。是

你,"选择"让自己的生命,逐渐烂泥化。是你,"选择"拥抱了一个令人讨厌、也让你自己很讨厌的受害者的人生。

当然,你也可以"选择"为自己的人生方向负责任,那么,这一个不同以往的选择,或许人生困惑依旧,却会让你活得越来越有力量,因为你重新掌握了力量在手中。

请回到你的内在权威与策略,学习好好面对自己的困惑,然后以负责任的心态,活出自己,自烂泥中,长出一朵花,坚定优雅又芬芳。

洞悉 ▶

洞悉人情冷暖，敏锐看透底层运作的伎俩，是聪明。但这并不代表，在情感的层面上，你能毫发无伤。

只要是人就会有感觉，不管那感觉是什么，就算表面不动声色、看似冷漠、就事论事、快狠准地将一切处理完毕，竭尽所能，让自己活得利落，你明白在当下，总要有所选择，若任情绪纷飞，继续搅和这摊情感的稀泥，终究于事无补，事已至此，要坚强。

接下来，也许结束会来，分离与告别会来。

你说，你知道，你也明白。

只是聪明的人容易看透，却不见得真正看得开。

请回到你的内在权威与策略，记得对自己温柔。日后，若

有任何情感涌现,请别压抑也无须苛责自己,你的敏感、纤细与脆弱,与坚强并不抵触。

不管坚韧还是柔软,都是你,爱你自己。

你的风格会说话 ▶

不要害怕与人不同,你的风格会说话。

什么是风格?

那是你的气场、你的展现、你的认知、你对这世界的想法、你的感受、你的经历、你的真情流露、你无以言状的倔强……既然是风格,就会有你所喜爱的一切,也包含了你所厌恶的一切,你的呼吸、你的心跳、你说话的语调、你走动时在世界上移动的姿态、你曾经做过的努力、你曾经放弃过的遗憾、你的好习惯、你的坏习惯、你的各式各样稀奇古怪的癖好、你那隐藏不住的天真,还有丝毫不世故,一闪而过的睥睨与不屑的神情。

以上这一切,加上许许多多大大小小的元素,融合在一起,成就整个人的风格,而所谓的风格没有好不好,更没有对不对，只是单纯简洁地存在着，为你独有，无人可替代。

请珍惜自己的风格，看重自己。

与生俱来，你是独特的，你的风格道尽了你如何与世界互动，如何爱着与被爱，是你活着独一无二的印记。相信自己的风格会说话，会吸引正确的人来到身旁，当一个人闪闪发光，怎么有可能会被这世界遗忘。

请回到你的内在权威与策略，不论是工作还是生活，想象自己宛如植物向阳，摇曳着，快活展现着，以你的姿态，你的风格。

恣意而为，舒展绽放。

你是自由的 ▶

　　太阳出来的时候,在阳光下跳舞,那么,没有阳光的时候,只要记起这愉悦的暖意,无时无刻都可以跳舞,你是自由的。

　　不要习惯老气横秋地说话,不要继续伪装,不要以为尘世里的虚荣与浮华会给答案,你学会的世故、麻木、强烈厚重的保护色,不是你,那不是你的本性,不是你的容颜,不是你真正开怀、满足生活的时候无比快乐的模样。

　　生活中所有的禁锢与限制,不见得让人受苦,真正苦的是忘记自己的本性,太多人以为戴上面具就可以,以为说些口是心非的话就可以,以为虚与委蛇是圆滑,委屈是成熟,日子久了,就此以为这大千世界极其复杂,竟无处存放你这一颗单纯的心。

在阳光下跳舞,不管几岁,永远都会是孩子。

差别只是有些孩子稚嫩,有的年纪较大,有些比较老,甚至老很多,没关系,若回归灵魂的基本面,都是光,是一道道漂亮的光。

请回到你的内在权威与策略,活出真实,你是自由的。

孤军奋战

"我总是感到孤独,一种没有人可以了解我的孤独。"

我常常在课堂上,或在做个案解读的时候,听见这样的话语,语调中带着一种试图淡然处理的忧伤。

"你把孤独讲得像是一个很大的问题。"我通常会笑出来,"这世界上其实有很多很多人都感到孤独,孤独又如何?那只是一种状态,你并不是全世界唯一感到孤独的人。"

感到孤独,觉得自己正在孤军奋战的时候,那只是代表着,你正在走一条没有人走过的道路,如果这就是你人生的路,如果你很清楚这对自己来说意义非凡,别人觉得你是疯子又如何?孤独又如何?

你可以选择黯然神伤,你也可以选择感到无比兴奋,因为谁知道呢？孤独之后，可能接下来就是一片新天地，让你像哥伦布一样，发现新大陆，发现一个从来没有人到达过的境界。而且关于孤独这件事，其实有一个秘密，大部分的人都不知道。

那就是……

当一个人孤独的时候，才是灵感最多、创造力最旺盛的时候，孤独这个状态本身有着极大的丰富性，足以滋养你的灵魂，淬炼你的心志，宽广你对生命的感受度与认知，成就你的深度，转化你真正成为自己。所以，如果你感到自己正在孤军奋战，恭喜你，请收起你的忧愁，好好享受它，这是一个重要的关键阶段，没有孤独过的人，怎能懂得人生真正的滋味。

请回到你的内在权威与策略，人生难免面临孤军奋战的阶段，那么，就算孤独，何不让自己如星辰般发光，享受这无与伦比的时刻，这是专属于你的伟大的旅程。

成熟与自己同在　▶

体验这种事情很妙。

那些你以为早已结束，留存于过往的某些记忆与体验，原本认为陈年往事自己早已放下，船过水无痕，却没料到，就在人生此刻，或者下一刻，伴随着某种特定的体验，过往某些感受突然像揭开面纱般，直直现身在你面前。

人生如流水，不停歇，生命至此，已学会无法贪恋。

或许是世故，好听一点可以说是成熟，我们已经知道，永远的机率极渺小，若要说最永远的永远，就是永远会有更有趣的事情，永远会有下一件事情，下一个人，下一个从没做过没体验过的事件，任意推挤蜂拥至跟前，再度吸引我与你的注意力，再度引发我们朝不同方向，各自奔驰而去。

既然早已不复以往，暮暮与朝朝，又何须在此刻，来拨弄心跳？让人再度感受万千的理由无它，这是来自更高层次的善意，让我们有机会重新再看一次，再检查一次，这个当下，自己的位置。

唯有如此，才能看见自己已经走了这么远。

过去这些折腾与淬炼，让你的内在生出更大的空间，更大的容量，透过时光与岁月的洗涤，不再憎恨，没有遗憾，这不是逃避，也并非就此遗忘。你只是不管世界多纷扰，懂得轻巧放下，学会清明理解，你已经准备好容纳纷扰的过往，也终于可以迎向崭新的未来。

请回到你的内在权威与策略，就算体验纷飞，都要成熟与自己同在。

端坐在内心，寂静如神祇，尊贵如国王。

羡慕 ▸

这世界上总是有人活得光芒万丈,吸引着众人崇拜羡慕的眼光。

当你开始羡慕一个人,你看见的往往不是真正的他,你只会戴着粉红色的眼镜,执迷看着自己想看见的,虚拟对方的形象,捧在手掌心,带着预设立场,以为对方会这样,会那样,并且期待他会轻而易举飞天遁地,充满一大堆不切实际的想象。

好吧。那真的不是他,请把你自己的投射收回来。

你看着月亮,却忘记自己才是真正的太阳。月亮本身不会发光,只是折射太阳的光亮,每一个你羡慕别人的特质,都是你值得好好开发自己的地方,倘若你本身没有具备这样的潜能,你才看不见对方的光华。

请回到你的内在权威与策略，不要开始莫名崇拜，然后走到最后又说，对方辜负了你的崇拜。把力量收回来，认真耕耘自己，让自己有机会真正成长。

如此一来，有朝一日，你才能以自己的方式，自己的姿态，发光。

听身体的话

想象你的身体是一棵美丽的树。

不同的树种需要不同的气候、温度、湿度,需要深入扎根在质地适合的土壤里,一棵健康美丽的树,必定是以正确的方式被对待着,照料着,呵护着。顺应四季,时节更迭,开漂亮的花,结丰盈的果实,不同季节呈现不同姿态,被天地的善意滋养着,尽情体验这个世界的变化。

如果你愿意聆听自己的身体,身体有很多很多话想告诉你。

"我需要多点时间休息。"

"我暂时不想说话。"

"我累了。"

"我不喜欢待在这里。"

"我想安安静静一个人独处。"

"我想泡个热水澡放松一下。"

"我想吃的时候就会吃东西,别勉强我。"

"我想好好睡一觉。"

"我想去运动,运动让我快乐。"

"我想被好好触碰,好好珍惜。"

"我喜欢这个人。"

"没有理由,我想离开了。"

"有时候我就是想好好哭一场,别担心。"

对自己温柔,对自己仁慈,就像一棵树静静聆听秋天的风吹过,放下抗拒,只需完整去体验,体验树叶随风颤抖时的兴奋,还有面对未知,不由自主身体涌现出来,微细又不易察觉的恐惧。

我们无法阻止世界不断变化,也停不了光阴转动,但是总是可以静下来,好好聆听自己的身体说话,与身体和好,敏感地、体贴地、尊重地、好好对待它。

请回到内在权威与策略,暂且停下脑袋的纷扰与喧哗,静静听见身体想跟你说的话。

听懂你自己。

这世界上的人何其多，却只有一个你

尊敬自己

过往的一切都已经过去了。

你体验过的感受,经历过的起伏,不管是好是坏,是如人饮水,是冷暖自知,是悲欢,是离合,都过去了,而你,站在现在这个起点上,不管目前成绩如何,也不论你对自己满不满意,都很好,不是吗? 抗拒并不会改变什么,一直回头看又如何? 没有人能够弥补过去,时光当然不会倒流,如果你愿意放眼望向前方,不是有许多可能,正等待你去发掘吗?

尼采说:"一切就从尊敬自己开始,尊敬一事无成、毫无成就的自己。"

他的意思是说,不要看轻自己,更别妄自菲薄,好消息坏消息都接受,先懂得好好尊敬自己,接着改变生活方式,才会有机会越来越接近自己的理想，拓展自己的潜力，活得更精彩。

请回到你的内在权威与策略，自重自爱，你怎么可能不成功呢？充满创造力的人是不会失败的，全宇宙的好运都会汇集到你面前来，每一步，都是朝成功的路上迈进，每一天都逐渐活成内心渴望成为的人，去做值得奋斗的事，怀抱希望，落实在每一天的生命里。

因为你很酷 ▶

不要担心自己与众不同,目前大家无法理解,可能连你自己都搞不太懂,甚至自认为怪异,或许,这才是你这个人真正的特色。

这个世界,正以我们无法想象的速度改变着,目前适用的规则与做法,在未来五年、十年、二十年、五十年内,极有可能全部被推翻。

而未来,就是一连串不断增添、删去与重整的过程,在这个过程中,宇宙会巧妙而神奇地,带来更高的力量与祝福,带领每一个人步向下一个阶段。每一个阶段皆不可或缺,让我们得以蜕变至不同的层次。

你永远无法知道自己的特色与才华,会在何时派上用场。不要放弃或低估自己,天生我材必有用,有朝一日,那些现在的你还不懂、担心没人懂、疑似脱轨、看似无用的特色与才华，必定会在因缘具足之时，开始大放光芒，为这世界带来更多美好与良善，超越现在的你所能想象。

相信自己，你做的事情一定会很酷，因为你很酷。

请回到你的内在权威与策略，尊重每个人各有其特色，也许这世界上根本没有谁是正常人，我们只是各自怪异在不同的地方。

无法逃避，自己的才华

　　如果继续讨论下去，其实并没有多大的意义。讲来讲去，人很容易掉入只想找证据的陷阱，你想证明自己是可以的，同时又想反驳自己是可以的，你多么热切渴望相信自己的天赋，底层却又拉拉扯扯，害怕真相信这事实，接下来就得承担更大的责任，就要真的发光发亮，对未来可能展现的伟大与美好，莫名地感到畏惧。

　　你以为自己恐惧的是失败，其实正好相反，这世界上有太多人恐惧自己成功。恐惧与失败是如此熟悉，俨然成了惯性，经年累月酝酿成一种安全感的幻觉，而成功是如此陌生，让我们误以为遥不可及才是自然的道理。

　　不是这样的。不、是、这、样、的！

　　不要再逃避自己的才华，承认自己的伟大，把这些抗拒的

力气，转个弯，思考如何能将自己的才华彻底发挥出来，如何让自己舒展开来，如何真实地被看见，如何懂得被欣赏，如何学习被接纳、被爱，如何真正地生活。

请回到你的内在权威与策略，你无法，真的，到头来终究无法逃避自己的才华，既然如此，那就好好发挥它。

爱你自己，这会是充满创造力的一天。

使命感 ▶

这辈子有没有体验过,为使命感而活,是什么样的感受?

最后能让住在身体里的灵魂愿意点头的,不会是钱,而是心之所向,看似微细却坚韧,因为真心,因为有意愿,而汇集成的那股暖流。

不要把所有的一切,都仅限于物质世界的考量,要留意那些让你心动的片刻,会让一个人心动的,不只是爱情而已,还有愿景,有理想,有希望,如果能让你真正微笑的答案,脑袋认为不够务实,那又如何?

让人动容或动心的时刻,都是指路的线索,若要真正完成此生的使命,无须等待什么玄之又玄的天启,一切其实很单纯也很简单:

请你,为自己的使命感而活。

　　请回到你的内在权威与策略，真实面对自己，不要忽略内在微细的渴求，不要轻言放弃，走着走着，你会发现竟然无形中，汇集了更多更强大的温柔。

　　因为，你是暖流。

全世界所有的知识 ▶

就算上知天文，下知地理，学会辨认手掌上繁复的纹理，也识得银河闪烁的星辰，拼命追寻，让你收齐所有相关证据，集满全世界所有神奇玄秘的知识，也终于得到了答案，然后呢？

关键不在知识。你知道了，并不等于改变，准备好碰触最底层的核心——你自己了吗？

了解并接纳自己，是一段探索的旅程。

知道，并不代表接受，知道只是一个开始，开启了真正内化的过程。这过程不见得时时刻刻都美好，将箭头指向别人是容易的，这也是身为人的盲点，我们总是这么容易一眼看穿别人的问题，发表一些自以为聪明的意见，却不打算看见，或者不断逃避自己需要面对的课题。

若有任何事冷不防地牵动你的情绪，触动你的心弦，要记得回过头来问问自己，请诚实：关于我自己的是什么呢？

别人有别人的课题，那是别人的人生，你有你的。

请回到你的内在权威与策略，你会发现，全世界所有的知识，皆指向唯一的核心：打开心，爱你自己。

理直气壮地，活着 ▶

听我说，你要好好地，理直气壮地，活着。

就算每一天都不如我们所期待，就算这世界事实上并没有一直充满爱，就算许多人还是说些乱七八糟连自己都不可能相信的话，就算有一大堆理由让人沮丧，就算这是一个看似权威崩解、无法信任、无从依循的世代。

理直气壮地，活着。

不管是快乐，或是痛苦，还是时时刻刻，感觉自己无能为力地，塞满难以理解的情绪，带着你的情绪感受它，而不是压抑它或否定它，与你的情绪起伏一起，同时，不需要再把自己的力量，投射在一些其实已不存在的权威体制上，就算害怕，也不能阻挡你前进，这一切，都很真实，让人体验到自己的独特性，让人感受到自己的存在，不是吗？

对漫无目的的忧伤理直气壮、对痛苦的情绪理直气壮、对快乐幸福的向往理直气壮、对没有理由的失落理直气壮、对自己的独一无二理直气壮、对不想再讨好的自己理直气壮、对过往的错误，诚实地接纳如是，该怎么处理就负责任去做，并对此理直气壮。

你就是你，去做你选择相信的事。

请回到你的内在权威与策略，没有人可以跟你保证，这一切到最后一定会变得很好，因为这是一个选择，而选择权在你手中。

拥有自己的力量，加油。

你的天分 ▸

每个人都有独特的天分,不管你的才华是什么,都是老天给你的礼物。

你会站在现在这个位置上,并不是意外,你被选出来担任这个角色,也不是意外。所谓的精英,所谓的市井小民,所谓的高层,所谓的低下,都不是重点,我们每一个人生来配备不同,能尽力的地方不同,在不同的位置上,各司其职,各自有其努力的方向。

珍惜自己的天分,好好发挥自己的才华。

你的聪明不是用来妄自菲薄的,不是让你净讲些聪明话,更不是让你在内心锱铢必较,自认为高人一等而沾沾自喜。请把焦点放在更多人身上,若能以服务之心出发,你的聪明将会发挥更大的功用,让更多人为此获益,而活得更幸福,

活得更好。

你的聪明能让你服务更多人,责任重大。

请回到你的内在权威与策略,别看低自己,也无须过度膨胀,没什么好比较的,你的天分是独特的礼物,而你的责任就是好好使用它。

空巷

　　现在,注视自己内在的思维与想法,想象你是一条空巷子,足以装载各种的商店,可以容纳各式各样的人群,不论是寂静空旷或者川流不息,可以存在于不同时空,凝视万千种风光。你是一条空巷,你是管路,你是通道,透过你,万事万物聚合与分离。

　　感受一下,现在充满体内,是正面的思绪?还是负面的信息?

　　察觉自己,别评断。

　　正面也好,负面也好,都很真实,也都会逝去,如同白天与黑夜的巷弄,没有好坏,只是截然不同的风景,人群来来去去,太阳升起月亮隐去,快乐开心与惆怅愁苦,都轮流上场,风华绝代演出一幕幕戏,很真实,也是暂时的,何须入戏太深。

请回到你的内在权威与策略,如果焦虑着,先放空,把巷子清扫干净,准备好,再迎接下一刻的风景,不要着急,心稳住了,一切好解决。

今天,先好好和自己在一起。

对自己坦白

　　住在身体里的那个你,并不是时时刻刻都能符合脑中的标准。

　　虽然认为自己算得上是一个善良的人,也难免有时候会冒出不切实际的虚荣,忍不住会出现嫉妒、绝望或毁灭的念头,虽说人人皆奉正面思维为最高准则,但是难以摆脱的不确定性,极容易让你我开始质疑自己。

　　"百分之九十九的我是天使,但是啊,就是那剩下的百分之一……"

　　嘿!就是那百分之一的部分……是最值得你好好去爱的自己。

　　对自己坦白,若是有任何情绪或怨恨浮现,其实也只是换成另种形式来告诉你,有些界线,目前的你,还不能跨越。

请回到你的内在权威与策略,别勉强、安然面对自己这一面。这无损你的价值,你的存在,你的美丽,好好拥抱、体贴你以为看来乱七八糟的自己,这就是今日最关键的练习。

有一天，当你被看见 ▶

努力，不会白费的。

这不是安慰你的话，你听我说，是这样的，那些表面上吸引众人目光，突然间大放光亮的幸运儿，往往很少人知道，他们曾经默默地，长久以来用心认真，在暗地里多么努力。是的，努力，不见得一定会成功，但是，如果不努力，就连被看见的机会都没可能。

你看见的幸运儿，他们最最幸运的，并非诸神眷顾，而是这辈子可以找到自己真正想专注投入的事情，好好经营，若是真能懂得自己，并且愿意臣服于此，彻彻底底放手去做，将自己完全给出去，即使过程非常困难，需要很多努力，也不会感到痛苦，只要这坚持是来自内心的热情与热力，总会找到空间发挥自己的才华与创意，就算疲累，也不会泄气。

如果你已经找到自己真心想做的事情,你是幸运的。

既然如此,为什么不专注放手一搏呢?

你当然可以继续否定自己,继续愤世嫉俗下去,但实话是,在一个人没有全力以赴之前,是没资格说自己没天分的。

请回到你的内在权威与策略,有一天,当你被看见,那一天,一定会到来,只要这个当下的你,不要忘记原本的热情与天真,愿意相信,为自己而战就会有力量。

我的朋友,加油!加油!加油!

你的韵律

以你的韵律，以你的节奏，循序渐进，无须匆忙，也别让外来的事物轻易干扰了你，搅乱你的心。

如果要说不，就说不。

拒绝与被拒绝，不要凡事都自动化地归纳成自己的错，真相或许根本与对错无关，单纯只是反映出彼此当下的状态，是我们准备好了，又或者是我和你根本还没准备好，如此而已。

每一段人生的道路，不管是工作或感情，我们常说讲究缘分，而缘分究竟是什么？不就是行至此刻当下，我的节奏与你的韵律，巧妙得以合拍，得以相应和。如果还不到时候，强求不得，只能回到各自生命的韵律，再一次，等待生命之流巧妙安排。

该喝茶的时候,静静喝茶,该吃饭的时候,开心吃饭,该睡觉的时候,安稳入眠。

请回到你的内在权威与策略,心平气和,理直气壮,顺应自己的节奏与韵律好好过生活,信任而坦然。

请回到你的内在权威与策略,外界纷扰之际,安定你的心。

这世界有高低贵贱之分吗？ ▶

你真的以为，这世界有高低贵贱之分吗？

如何分类？用钱？还是权势？你的身世？职场上的头衔？你累积的学问与知识？你的资源？还是人脉关系？到底怎么分？到底谁决定了，有些人可以高高在上？或者谁又要待在低下的那一边？如果以上任何这些项目，让你有所凭据，自以为就此活得高贵而尊荣，那么，老实说，你的灵魂层次还有很大的进化空间。

不管在生命的任何层面，如果有人，选择了你成为他们的领导者……

这并不代表你高人一等，只是简单说明了，是的，你拥有了某些人格上的特质，或是实质上的资源，得以支持并协助更多人，让他们的人生有可能因为有你，变得更好。

请把那些沾沾自喜的骄傲省下来,没有人天生尊贵,也没有人生来低贱,只需秉持一颗单纯愿意服务的心,就能带着更多人去体验更美好的体验。

请回到你的内在权威与策略,谦卑地去领略生命之流。

高与低,尊贵与卑贱,都是过程也都是假象,关键在于你是一个什么样的人,你是谁。

哎呀，你!! ▶

　　你呀你呀你呀，你看不见我眼里看到的这个你，你才不知道我眼中看见的这个人有多美丽，你只顾着看着别人正发光发亮，但是呀，却看不见自己有多么好。

　　你真的很好，我讲的并不是你很完美，其实完美这件事情还蛮无聊的，你真的不必把自己自然又独特的模样，硬要塞进一个号称"完美"的模型里。

　　在我的眼中，你就是你，很真实，我知道你会发脾气，也知道你有时候会变得很拗很固执，有些事情你非常擅长，宛如天才，可是呀，遇到某些事情你又容易退缩，你可以让大家好开心，你也有很讨人厌的时候，有时候你好直白，也太直白，有时候你又拐弯抹角一点也不坦白，不管怎么样，这就是你，很真实。

不要因为别人对你抱有期待而心慌,面对赞美也不必急急否认,谦虚固然是美德,如果别人对你赞赏有加,一定是他们看见了你独特的美,何不相信这些美好的反馈,你只管放心展现自己的才华。

哎呀,你!!你脸红了。

请回到你的内在权威与策略,让我们一起练习肯定自己,每天都越来越喜欢自己。有一天,你会愿意看见自己的好,就像现在我看到的你一样。

开始,是最美的方式

　　我想重新开始,干净清晰地,没有忧郁牵扯,不再遗憾愧疚,也不想继续被羁绊了。

　　虽然,我还没有把握一定能达成内心的想望,虽然,有时候想起你还是会忍不住想哭。我但愿自己能聪明一些,彻底看透,或者干脆傻一点,直接忘记,但苦恼的是,我偏偏卡在这中间,不聪明也不傻,空剩活着的志气,想着,想着。

　　总得要从某个起点开始,不管多微小,就此萌生新的志向,做出崭新的决定。

　　毕竟,要活得不一样就得添加新鲜的、兴奋的、刺激的、让人可以成长的元素,就算不熟悉也很好,这样才能真正成为滋养,让我活得向阳而无惧,充满朝气,每一天进一步,逐步坦然长成自己真正渴望的模样。

不再回头，因为回头已经没有你，也没有我了。

请回到你的内在权威与策略，开始朝着梦的方向往前走，以我的步伐与节奏，明快而轻盈，走在阳光里，我为自己感到自豪，相信你必定也会以我为傲。

这是一个开始，也是我选择爱你，与爱我自己，最美的方式。

这世界上的人何其多 ▸

如果飞上晴空，俯视人世间，我们会看见什么样的风景？

这世界上的人何其多，每个人行色匆匆，各有各的执着，各有各的才能，天天都有相遇，也天天都在离别，未能免俗表面看似洒脱，底层却仍是各持己见，顽固地，以仅有的观点，狭窄衡量这一切。

别恼怒，也别憎恨那些与你看法不同的人，深呼吸，放轻松。换个角度想一想，就是因为这世界上的人何其多，就是因为人人想法皆不同，所以我们才需要取长补短，才会出现相互合作的必要性。

别忘记，就算这世界上的人何其多，却只有一个你。

无须用尽力气对抗，也不必强迫任何人得同意你，值得好好想一想的是：我该如何经营自己，如何发挥自己的独特

性，让自己在专属的领域，成为无可取代的那一个。

请回到你的内在权威与策略，看得长远一点，对自己也对这个世界更有耐心一些，继续努力做你该做的事情，学习你真正想学习的事物。

终有一天，属于你的时候会到来，你的独特性会说话，你的存在自有其芬芳，就算这世界上的人何其多，你都能贡献一己之力，闪闪发光。

第二章

不是没有路,
只是还没到

以你的方式来 ▶

不要想着自己好失败,会失败。

这一趟人生的旅途,你没有任何人要打败,竞争的心容易混淆心志,如果看得更深,输赢并不存在。这过程只是让你明白,要回到自己的方式,遵循内在的节奏,稳扎稳打,继续往前走,走到成功的终点。

我和你,都一样。

有些事情做得很好,有些则搞砸了,有些人在生命中洋溢光明与爱,有些人则带着伤痛与黑暗。我们各自扮演着生命中的主角,也同时成为别人旅途中的配角、过客、归属。

每个人都以独特的方式,在生命里体会自己的体会。比较是愚蠢的,而你也别再攻击自己了,放下无益的执着,今天请好好练习中立而客观,肯定已经行得通的,成功会带来更

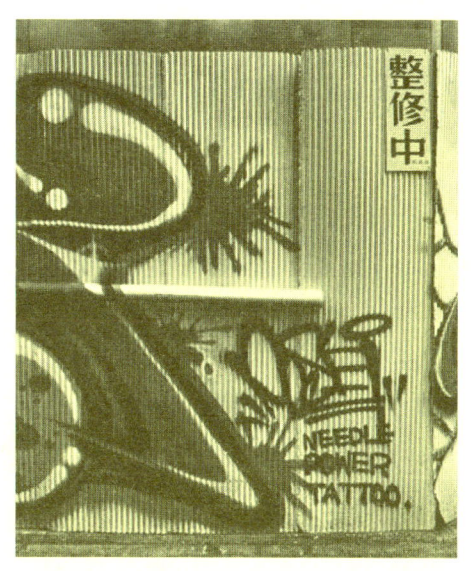

多成功,也清楚检视早已行不通的,在日后好好从中学习,从中成长。

请回到你的内在权威与策略,生命是一章如歌的行板,请轻快向前行,以你的方式来。

绕路去看花 ▶

快速真的比较好吗？效率真的是一切吗？

如果走捷径，也许能快速到达终点，却极容易错失过程中的种种体验，若人生这条路，最后赢的标准并非迅速达标，根本没有什么终极揭开谜底的时刻，根本没有赢的标准，没有比较，只有过程中种种体验与领会，敏锐又细腻，唯你所独有。

如果最好的道路，不见得是最快的那一条，你会不会改变自己的选择？你会不会有不同的做法？

脑袋层面所认知的错误，只不过是让你巧妙绕了路，总是要转这个弯，过了这个槛，才能恍然大悟，重新看见这一季的花开，迎着晨曦，迎着风，绕路去看花，顺便也一起看见了自己的灵魂，原来可以活得纯粹又自在。

请回到你的内在权威与策略,别急着挑错、认错、指错,提醒自己,或许这一切并非错误而是铺排,你别急。

再走远一些,你会明白,生命中的美与爱。

失败是一种经验 ▸

你一生将会受伤很多次,你会犯错,有些人会称之为失败,但我发现失败其实是上帝的话语,他是说"抱歉,你走的方向错了",那只是个经验,失败是一种经验。——欧普拉(Oprah Winfrey)

开始你是天真,是良善,是并无所求,于是选择投入。

只不过,你的天真无法保证会有立竿见影、如预期一般的好结果。人生在世,迎面而来许多挫折、失败、打击、不顺遂,使得芸芸众生忍不住开始质疑、自怜、暴躁、不满,或者更容易地,将一切归咎于别人的错误。

嘿!你的天真,并不等同于顺利。

许多事情总要真正去行动之后,才发现原来需要调整,需

要更加努力,一开始的天真,让人勇于投入,接下来也要仔细思考与评估,客观检讨,从中学习。

失败是一种经验,失败并不代表你得否定当初的天真,也不必合理化,或神化失败有多伟大。失败是中立的,是诸多生命经验中的一种,其中蕴藏启发与改变的可能。

请回到你的内在权威与策略,平常心,看清楚失败要传递给你的讯息,重新准备好,再请继续大步向前。

说话说出一朵花 ▶

前阵子我有幸去上了一堂魏世芬老师的声音课程，魏老师除了教导正确的发音方式，还说了好多让人遐想无尽、深具启发的话。

有一回，我记得魏老师说："想象你说的话可以化成一朵花。"她在嘴巴旁比出手势，优雅地画圈圈，像是在空气中的一圈圈涟漪，然后呀，反复回响，像是声音与心意都可以隔空传递出来，只要心意俱足，必定能让对方收到。

最近，不论手边的事情正僵滞、正失控、正让你心浮气躁，或者根本无暇顾及自己，忙得茫茫然……

若是内心开始冒出丝毫怨恨、烦闷、不爽，何不转念想一想，若是目前就是如此，挣扎依旧，不管你喜不喜欢，顺利与否，那么烦躁又有何用？

你真的可以，静下来。

静下来，安定自己的心，跟自己说说话，这不是莫名要你说些好听话来安慰自己，而是想一想，我如何跟自己说话，说出一朵花，馨香又芬芳。

当你照顾好自己，才能想得更远，我如何与这世界上其他人说话，清楚并高雅，传递我的心意，让彼端可以真正明白，让这个世界就算在寒冷的冬季，依旧可以温暖地开出一朵又一朵善意的花。

请回到你的内在权威与策略，在这个乱糟糟的世界里，我们拥有彼此，好温暖，不是吗？

追寻答案到最后

追寻答案到最后,得到的答案本身都很简单,真正困难的是,我们不愿意接受它。

像是死亡,像是分离,像是结束,像是爱与不爱,像是我失去了你,不管暂时的、永远的、因为误会或推脱成命运的安排,每一回,需要放手的时候,说再见的时候,总是让人难以吞咽,无法坦然。

而逃避的方法就是:立即地,很聪明地,在脑袋中衍生出好多为什么。

为什么会这样?为什么会那样?为什么在我依然爱着你的时候,一切就此戛然而止?为什么世事如此无常?为什么要有离别?为什么一切突然没有任何预警地转变了?排山倒海的为什么,像是一袭轻柔的黑纱,蒙住了双眼,也悄悄地紧闭上心门。

我们以为只要继续问着为什么，就能自欺。只是呀，追寻答案到最后，答案并不重要，答案对停滞的现况，无法带来不同。

你一直都知道的，不是吗？

请回到你的内在权威与策略，答案不难，难的是，你准备好接受了吗？真正接受，才能重新做选择，好好生活。

以你的步调与节奏一步一步来，不急，加油。

为身体做一件事 ▸

今天就为自己,不为别人,做一件让身体更健康的事。

敏锐察觉身体的需求,单纯为自己而做,不需要搞得很复杂,也不必是个壮举。很简单地,你可以换上球鞋去跑步,当成是环游城市的微小旅行,也可以兴之所至,到菜市场买些新鲜食材,回家以喜欢的方式做料理,若是感觉好懒惰,就找家舒服的咖啡馆,以悠闲的心情,重温一杯好咖啡的香气吧。

你一定知道自己喜欢什么,只要你愿意,让身体告诉你。

身体感到快乐的时候,很容易分辨。

那是一种全身的细胞似乎都慢慢张开的感觉,感官都变得更加敏锐,单纯回应万事万物,全世界的美好会自然流动进来,顺着呼吸,随着心跳,体验到灵魂被妥善装在身体里,一切皆有归属，不需勉强。

请回到你的内在权威与策略，这很简单，也很划算，相信身体会有力量，带领你越走越远，越活越好。

那些没有给你的机会 ▶

　　不要觉得遗憾，过去那些没有给你的机会，没赏识你的人，他们并没有错，你也没有错，这样的安排并非错误，这看似蜿蜒的道路，要让你看见的是不同的风景，如此你才能懂得更多，体会更深。

　　如果没有走过这一段路，没有度过看似折腾人的时光，人很难成熟。

　　毕竟，脑袋要知道容易，要身体在体验上收到，需要扎扎实实历练的累积，若是当初幸运之神轻易眷顾了你，反倒使你的发展狭隘了，让你浅薄地自以为是，无法真实生活，成长反倒变得极为有限。

　　愤愤不平、埋怨时不我予、感伤、遗憾、咆哮自己所经历的痛苦、无法原谅……悲伤韶光荏苒，青春不再，又如何？

那些没有给你的机会，本来就不属于你，若人生里头没有添这些柴火，我们如何燃烧并淬炼出真正的自己。

请回到你的内在权威与策略，等你准备好自己，对的机会必定会巧妙现身，要有信心。

如果这是你的道路 ▸

　　如果这是你的道路,这条路会来找你。

　　在那之前,请你放下自欺欺人的理由,不再遮住明亮的双眼,你只需静下来,仔细聆听,任何来自四面八方的召唤,都是线索,都是提醒,都是爱的指引。

　　人生最奇妙有趣的是,当你明白脑袋所制造出来的纷扰、莫名的挣扎,都是徒劳无功的行为,当你开始专注于每个当下,让自己活出真实,不再抗拒来到面前的一切,当你坦然地、谦逊地,接受你可能不太理解为什么非如此不可的安排,不再浮躁,静下心来从中学习,没多久,你就会发现,一扇又一扇全新的门,接连为你打开。

　　每一次历练都是引领你,每一次都能洗涤你,锻炼你,提升你,让你准备好,走上自己的道路。

请你有耐心，不仅对自己，也对宇宙的安排多很多很多的信心，真正的老师从未失去一颗做学生的心，每一步都是学习之路，就算尝试错误也是很好的过程，为我们累积珍贵的智慧与历练，而每次让人颠簸苦痛的经验，都是奇妙的淬炼，淬炼你的心，为未来的你，奠定稳固的根基。

（让我告诉你一个秘密，其实呀，路，一直都在，只是你没有准备好看见它而已。）

今天也请回到你的内在权威与策略，不断学习，准备好自己，就是今天的课题。

那些看似微细的事物 ▶

请留心那些看似微细的事物,容易疏忽的细节之中,往往藏有解决问题的线索。要如何读懂细节里的线索?除了睁开眼睛好好看,请你打开耳朵好好听,用心去感受。

无声之中,空气中流转的气息,季节转换之际,每一个心灵被触碰的珍贵瞬间,那些隐隐流动的弦外之音,就算无人说得清,都是山谷里转折的回音,是海洋波动掀起的浪涛,是星辰漫空移转的轨迹,就算无法身处同一个空间,如果愿意相信,闭上眼睛,就能灵犀相通,懂得彼此的心意。

如果你留心,处处是线索。

就算挣扎,挣扎的过程不见得舒服,却极为珍贵,这是人生中难得能反刍与觉醒的时刻,路径终将显现,生命的意义总是在悄然转身之际,就此揭晓。

在那之前,请回到内在权威与策略,尽责做好该做的事情,重视细节,全力以赴。

你不需要那么多 ▸

你不需要那么多，不要被脑袋衍生出来的贪婪骗了。

你不需要狂购一堆如小山、便宜合成的当季衣物；你不需要喝一大杯含糖饮料，寻求血糖激增的廉价振奋；你不需要折磨自己的肠胃，为了划算而非得吃到撑才行；你不需要虚荣地用力争取全世界的人成为你的朋友；你不需要众人表面虚假的赞同；你不需要那些匮乏又不真实的爱；你不需要拥有权势，家财万贯，功成名就；你并不需要，你不需要那么多，那是贪婪，那是你制造出来，束缚自己所衍生出来的骗局。

追求小确幸的真相，并非是胸无大志，不求上进，而是看过千山万水之后，繁华虚荣终将落尽。贪婪让人疯狂，远远不如此刻当下，内心感到平安，得以静静喝上一杯茶。

幸福不是拥有全世界,你不需要那么多。

那原本以为无法放下,其实与你的本质无所关联的疯狂渴求,就算真的拥有了,反倒成为肩上沉重的负担。

请回到你的内在权威与策略,执着于你认为有意义的事情,你就会得到自己所需要的。

今天,是学习懂得满足的一天。

不要回头看 ▸

从今天开始,开始另一段崭新的路程。

该说再见的,不见得只存于表面形式,还有在精神层次上,与过往的告别。

不要回头看。

这不代表我们忽略过去发生的危机,或是不再注视之前的失序,而是透过这段历练,漫漫长路走到这一步,我和你已经够成熟,明白真正有能力的人,渴望有所创造的人,何须翻搅彼此的苦痛,要维持活力,勇敢往前,迎向未来的挑战。

不要回头看,哭或笑都好,没有遗憾。我和你都已经在过去的每一个当下,做了各自可以做的选择。

如果对自己很真实,很诚实,你知道这与输赢无关,也超乎对错的范畴。每一次坚持,每一场奋战,每一次说话,每一个决定,你知道的,都不是为了向任何人证明,很单纯地,只是与自己的觉知更靠近,让蜕变的精神与灵魂合一,穿越再穿越,就这样脱胎换骨蜕变了,是奇妙又充满祝福的过程。

请回到你的内在权威与策略,你是战士,肯定自己,以自己为荣,放心往前走,一定会走出一片繁花盛放、春光烂漫、充满光亮的世界,好美丽,美丽无比。

做到之前,看来总像不可能 ▶

　　当外在的世界纷乱而荒谬,混沌之中让人忍不住开始起疑,是否强权即公理?如果每个人皆有存在的价值,那么我选择为此而战,毅然而然决定投注心力的一切,到最后,是否能走到尽头?是否会有答案?

　　强权,只存于外在,那是表面上看起来,我们因为恐惧,而以为终得屈服的假象。真正的力量,足以与强权相抗衡,来自每一个人的内在,选择要不断地坚定下去,不动不移的意念。

　　挫折波涛不可免,那又如何?

　　曼德拉说:"做到之前,看来总像不可能。"

　　做法永远可以调整再调整,只要热情依旧在,就能坚定不移,做好当下该做的事,每一天,都不要泄气,要全力以赴，活出自己。

请回到你的内在权威与策略，只要有心，有一天，我们都能完成原本以为不可能的事，成为一个更勇敢的人。

（大声打气）一起加油！

我们要的不是烟花，是长久 ▸

　　天真并不是无知，而是愿意相信就算此刻的行动，不见得会成功，就算这一切在表面上貌似徒劳无功，都愿意在当下的每一刻，真实回应内在，勇敢表达自己所选择的态度，站出立场，为相信的人事物，奋战到底。

　　许多事情无法立竿见影，因为进化的过程蜿蜒曲折，并不容易，但是，如果看清楚一切就是这么不容易，自己到底该怎么做，反而会变得超级容易。

　　因为没有捷径，没有。

　　所以，好好专注地让自己走这一步。如此一来，就有可能再走一步，接着会出现下一步，然后再下下一步，不知道会多久，没人知道，或许很快，不预期地，下一秒天空就会出现曙光。

当每个人都全心全意准备好,我们的前进路上就会开出那一朵朵饱满的花。

请回到你的内在权威与策略,活在当下,明白当下执着的并非输赢已定,是长远之后,所谓的天真点燃了炙热的火,促进进化,让一切终究开始,有所不同。

不容易,但是并非不可能,我们要的不是烟花,是长久。

宇宙会温柔回答你 ▸

　　那个你一直存在于内心，对自己长久以来的质疑与不确定，长久以来，不断幻化为一大堆疑惑与混乱，笼罩着你的心，如黑暗的阴影。

　　我可以吗？我做得到吗？我可以去爱吗？会有人爱我吗？

　　当一个问题自心头跳跃出来，然后，当你说出口，将组合成问题的每一个字、每一句，发声成音成调，在这世界上被沟通了出来，那一刻，在寒冷的空间里，你的疑惑微微凝结似地，又轻轻化为一阵轻烟。

　　你问了这个问题，你不知道答案。

　　或者我们应该这样说，你问了一个问题，但是，"现在的你"还不知道答案。在不确定的时候，人总爱问问题，以为要先得到答案才愿意承诺，殊不知，宇宙运行的方式并非如此。

当问题出现,在前方的某个时刻某个角落,答案也必定诞生了,等待着你,以你的方式去揭露它。

你的问题不是一个坑,更不是障碍,而是一支引领你前行的箭,就算现在看不见任何证据,都可以带着自己的问题,每一天,成长、生活,就算问题与答案之间的距离遥远如汪洋,你都要以自己的方式,走过去。

不走怎么知道呢?不去体验怎么会了解呢?

请回到你的内在权威与策略,坚持下去,答案在哪里?有一天,宇宙必定会温柔回答你,等到你准备好自己。

老天爷的时间表

若是生活中各种琐碎的限制,让你莫名焦躁,开始衍生出许多你认为是"不好"的感觉,记得,老天爷并不是存心捉弄你,只是他的时间表,与你所预期的版本不相符。

所以呢?你要为此暴跳如雷?心情沮丧?怀忧丧志?怨天尤人?让感觉操控了你的心性?还是你能练习得有耐性,优雅且坦然,接受当下的限制?

体验每一个细微的感觉,与自己亲近,同时也要保持清明,清楚这也不过就是当下的感觉,今天感觉好,明天感觉不好,上午如果感觉快乐,下午可能莫名沮丧,感觉很诚实,感觉极重要,感觉是燃料,引动每个人底层的渴求,感觉也很虚幻,来来去去,没什么确切的道理可依循,这一刻升起,下一刻消散,宛如云烟。

　　感觉是感觉，感觉起落来去，世间事是世间事，有其时序渐进。放长远来看，当下的限制并不是坏事，而是让一切汇整齐全，在诸事具备之前，必经的过程。

　　越是乱糟糟的时候，越是让人练习平稳的好时机。

　　请回到你的内在权威与策略，体验你的每一个感觉，祝大家每天都能过得很有感觉，同时，也带着更深刻的理解与清明。

信念的力量 ▶

在没有任何证据可以证明之前,你都愿意付出、愿意耕耘、愿意一步接着一步务实往前走,这就是信念的力量。

"信念"看似虚无,事实上却是一股最强大的源头,其力量足以支持你走到底,得以成功。

所以,当你每一次心生质疑,不管质疑自己还是别人,甚至怀疑起整个世界是不是有病,都请你先好好静下来,温柔问自己,这是我的心带领的方向吗?

如果答案是肯定的,那么,如同特蕾莎修女所说的"不要因为害怕被辜负,就放弃至真至善的追求,无论如何,一定要去爱。"你何不以一种"无论如何"的态度,点燃热情,勇敢去追求呢?到头来,穿越世间虚华的表象,每一个人都只能相信自己所相信的,去创造属于你的实相。

今天,请回到你的内在权威与策略,用心做好每一件事。

行远必自迩,相信就会带来力量,你可以在每一步及每一个微不足道的细节中,体验到无与伦比的快乐。

创意前一片黑暗 ▸

创意闪亮登场前,通常你得先经历过一段黑暗期。

处于黑暗期的当头,极容易让人感到抓狂与恐慌,前方看不见明确的方向,也不知道蜕变究竟会不会发生,自然会有前方茫茫,乌云罩顶的幻象。

这是一场宇宙为你量身定做的试验,如果深陷恐惧,被黑暗力量吞噬了,那么灵光乍现的难得瞬间,你可能会因而蒙蔽了双眼,反倒什么都看不见。

就算黑暗,练习开放于这片未知,让它洗涤你的心,让它洗去所有不属于你的恐惧,坦然把自己清空,准备好,才能迎接接下来奇妙的安排。

请回到你的内在权威与策略,经历黑暗之后,创意会诞生,新方向将出现,爱与光会迅速将你温柔环绕,因为你是光,你也是爱。

不是没有路,只是还没到

春来草自生 ▸

　　有时候，你只能顺着自己内心的节奏，往前走。

　　就算你并不知道接下来会如何，其实，真的不必理会别人对你的期待，只要回到每个当下，好好呼吸，与自己在一起。稳定地，放松地，顺从身体的指引，以你的步伐，只有你自己知道何时该快或该慢，真的不用着急，你将发现整个世界在你面前渐渐舒展开来，宛如天光穿透黑暗，从地平面的尽头，明亮起来。

　　只要继续走，走着走着，不知不觉就穿越了夏天，然后当叶子落下，你恍然大悟秋天已经来访，就算严峻的冬天来了，也不会忘记相信的力量，没有伤痛不会愈合，没有过不去的关卡，总有一天，春天将翩翩然轻巧来到我们身边，到时候，何不闲来无事坐，一起静看，春来草自生。

　　每一次，踏出的每一步，都在无形中建构出自己的未来，你要对自己有信心，只要顺着内在的节奏，往前走，一步一步，你会走得好远好远，看到这个世界好美好美，体验到，这就是爱，这就是幸运。

　　亲爱的，请回到你的内在权威与策略，稳健而平和地，勇敢去爱，爱你所爱，过好这一天，过好每一天。

不要轻易背叛自己的灵魂

　　这个世界每天都在上演类似的戏码，人愿意铤而走险，去得到自己认为的胜利，然后，自顾自地以为："如果赢了这一次，我的人生就会彻底翻转，有所不同。"若人活着，只为了胜利，不惜与魔鬼握手，到头来将发现，失去了自己的灵魂，而人生其实并没有变得更好，也没有什么不同。

　　请超越胜利与失败的范畴，看看自己的生活。

　　古人讲的还是非常有道理，胜不骄，败不馁。请从你的胜利中学习，也向你的失败致敬，人生不管起落之际，顺逆与否，又或是别人如何对待你，到底公不公平……，我们都可以从中滋养自身的灵魂，体悟到属于自己、不枉此生的意义。

　　请回到你的内在权威与策略，察觉每一个决定的出发点究竟是什么,不要轻易背叛自己的灵魂,有时候原则虽然看不见,却是一个人的精神所在。

　　自重,这个世界才会尊重你。

喝杯茶吧

今天的人类图气象报告,就让我引用在网络的一个小故事来开场吧!

总是有些办法可以处理生命中所发生的一切,就算这个办法只是坐下来,享受我们最后的一杯茶。以下这个故事是同事跟我说的,他曾经在第二次世界大战时参加英国陆军。

这位同事当时还是个年轻的士兵,远离家乡,在缅甸的森林中巡逻,他感到很害怕。不久,侦察员跑回来报告队长一个骇人的消息:巡逻队无意间进入日军范围,巡逻队的人数远远不如日军,已经完全被包围。这位年轻的士兵听到这消息,心想这下子要准备壮烈牺牲了。

他以为队长会下令突围,奋力战斗,这不就是男子汉会做的事,就算只有一个人能活着出来。不然,他们将和几个敌人一起同归于尽,这才是军人做的事。

可是,这位士兵并非队长。队长的命令是:所有的人都不要动,坐下来,并且泡一杯茶。究竟,这还是英国的军队啊!

年轻的士兵想:这位司令官一定疯了,哪有人在被敌人包围,既没出路又即将死亡的时候,还惦记着一杯茶呢?

在军队里,尤其作战时,得服从命令。于是,士兵们都泡了自己的最后一杯茶。那杯茶都还没喝完,侦察员又跑回来跟队长耳语一番。队长马上招呼士兵们:"敌军已经离开了。"他宣布,"现在有个出路了,赶紧安静地打包行囊。我们离开吧!"最后,所有人都安全逃出来。这就是在多年之后,他还能跟我讲述这个故事的原因。

同事说:这位队长的智慧救了他的命。不仅这次缅甸战役,在那之后还有很多次。好几次,当他生命俨然已被"敌人"围困,寡不敌众,没有出路,只有死亡一条路之时。

所谓的"敌人",可能是严重的病、吓人的困难与悲剧，仿佛在那之中似乎没有出路。如果没有那次缅甸的经验，他一定会试着在问题中奋战突围，而且毫无疑问地，在过程中越弄越糟。可是现在，当死亡或导致死亡的麻烦，四面八方地包围他时，他只是坐下来，并泡一杯茶。

这个世界总是在变，生命就是在不断地变化。

他喝他的茶，节约他的能量，并等候时机。时机总会来的，届时他就能做出有效率的事，譬如，安全地离开。

至于那些不喜欢喝茶的人，请记住这句话："当无一事可做时，便一事不做。"

年轻的时候常常以为，要让自己更强更勇更猛更无坚不摧，才能步上发达之路。殊不知，真正的天才，是能够顺从自己内在的韵律，以自己的节奏来，如水一般，弱之胜强，柔之胜刚。

等待的意思，并非要你怠惰，而是静待对的时机，而不是匆匆忙忙地，违逆自己内心的韵律。很神奇的，就像宇宙黑色的幽默感，愿意等一下，反而更快，拼命想快一点，反而更拖延。

请回到你的内在权威与策略，顺应自己的韵律，好好享受这美好的一天。来，喝杯茶吧。

耐心 ▶

玩拼图的时候，一块一块拼，调整放下又移了位置，反复斟酌，在最后一块放入应当属于它的位置前，皆是过程，不算完成。

寻求生命的真实，像玩拼图。

这一块是爱情的怦然心动，下一块又为失去而黯然，手上紧抓的那一块是活着的意义，一直不知道该摆在哪里，话虽如此，依旧贪心认为还缺一块金钱的富足，原本早摆好的那块家庭和乐，有时候配合其他区块做些微小调整，谁知道一调整又很容易全盘打乱，连带影响了那一块内在的平和。人生琐碎，还没圆满，难免懊恼。

别任性翻了桌，也别放弃说不玩，你知道的，玩拼图，有时候看似杂乱无出路，总要好不容易拼了这一块，才能灵光

乍现找到下一块,一步一步,当混乱渐渐理出了头绪,这才恍然大悟,对生命有了更深层的理解,终于释怀。

请回到你的内在权威与策略,焦急无用,请有耐心。

挑来拣去的过程有其乐趣,请顺应人生的节奏与铺排,享受这一场人生的游戏。

投降 ▸

　　静下来，深呼吸，好好回顾过去这段时间的纷乱，那些内心百转千折像是打了结的纠葛，从今天开始，都可以放下了。

　　人生，就是一连串体验的过程。

　　没有人在生命中的每一次体验，都能尽善尽美，请投降于这世间的无常，并非无奈而是换个角度想，你所经历的每件事，其实，本应如此，若没有走过这段颠簸迂回的路途，我和你又如何能够深刻体验到，生命是如此珍贵，值得认真珍惜。

　　我的老师Keith Bentz先生很喜欢在课堂上引用一句话：

　　Pain is inevitable. Suffering is optional.（痛苦不能避免，是否为此受苦，则可以选择。）

　　你可以顽强用力地抗拒这一切，你也可以放开双手，张

开双臂,告诉自己也诉诸天地,我愿意感受这生命如歌的行板,愿意投降于这一切会有圆满的安排,我愿意在每个当下全力以赴,也愿意在那之前,安然静心等待。

请回到你的内在权威与策略,放宽心,体验无常人间的真情真意,体验你自己,体验美,还有爱与光。

不必急

不必急着下定论，就算现在先观望也没问题，等一下，世间事有时候就是需要酝酿一下，当对的时间点到了，你会知道的。

你到底在急什么呢？你的焦虑是否衍生出更多，不必要的焦虑呢？

我们常常快速工作，急着让事情迅速发生，最好可以立即解决，然后接着下一件，快快快，快速行走，最好可以用飞的，快速吃饭，所以快餐会这么受欢迎真的不是意外，快速恋爱，幻想如电影一般，几个跳接镜头就足以决定到底爱不爱，快速分手或快速结婚，我们还来不及享受过程，就直接跳到结论去了，快速成功，极有可能也将快速失败，最后很快的，根本无法避免的，快速死亡也将迎面而来。

深呼吸，今天，就请你慢一点，自私一点，不必急，好好走路，好好吃饭，好好睡觉，好好去爱，体验自己的感受，放松，享受活着的感觉。

请回到你的内在权威与策略，不必急，事情很快就会有定论了，等待之际，请让自己活得愉悦，这就是今天最好的练习。

你在看哪里？

你看见的是自己的不足，还是自己的幸福？

感到困惑的时候，内心觉得不确定的时候，提醒自己别继续往下钻牛角尖。把头抬起来，看看外面，看看这个世界，看见青山自青山，浮云自浮云。是的，总有些事情无法尽如人意，但是这个世界并没有因为你的困顿而分崩离析，是你的观点，你的苦恼，让你深陷困局。

我们常常忘记自己已经拥有的，而把焦点放在那些已经失去的缺憾，或尚未满足的渴求。如果你愿意，今天请好好练习，真正去看见自己手中的幸福，练习欣赏别人的优点，并对这个世界赋予更大的祝福与感谢。

无须扛下别人的课题而自寻烦恼，把脑中胡思乱想的思绪，化为内心的温柔，重点真的不在于你做了什么，也不是你做了多少,而是让自己的存在成为一股稳定的能量,相信自己,也相信别人有足够的智慧,去面对与处理自己的功课。

请回到你的内在权威与策略,今天请找一件事情,让自己好好体验幸福,看见别人的好,珍惜已经拥有的,这是散发正面能量的一天。

够了没？ ▶

举个例子。

你走在路上，有人突然挡住你的路，你推开他，他被你推开了一些，却又莫名地挤上来，你再用力推，他退了几步，还是不放弃，站在你面前。对于一个阻挡去路的人，实在让人火冒三丈，你太生气了，开始施展连环拳，猛力揍揍揍，揍到对方已经退到路边无法还手，揍到对方已经倒地不起。现在，你的路早已清空，已经没有人可以阻挡你，但是，你却决定要站在路边坚持下去，等候这个人再度起身，你才能随时猛力回击。

那个人在你的生命中代表的是什么？是一个人？是一件事？是一个心魔？还是一个缠绕不去的阴影？

你花了多少时间与之对抗，又浪费了多少力气，僵持在那里?

　　如果继续这样僵持下去,最后你错过的,将会是无数个日出日落,你的双眼变得狭隘,看不见月亮星星流转之间的美丽,你当然没有余力观看繁花盛放,而秋叶纷飞的盛况,跟你也没多大关系,生命里不会出现新的风景,新的人,新的经历,爱与美的神奇离你越来越远,越来越遥不可及。

　　够了没?

　　请回到你的内在权威与策略,如果你知道够了,如果你看清楚了,这也不过就是自己的执拗与愚蠢。那么,请让自己自由,请自行从困局中走出来,你知道该怎么做的。

　　深吸一口气,有没有呼吸到冬天来临,空气中冷冽的气息?这就是活着的美好滋味,请昂首阔步,继续往前行。

优雅的原因　▶

　　如果一直想起过去，如果对以往发生的事无法忘怀，如果一直受困于回忆之中，今日请对自己这样说：

　　我知道过去已经过去，我无法改变过去，但是，今天我是OK的。

　　今天我是OK的，因为我选择活在当下，我可以带着这些记忆，而它已经无法阻挡我，也无法压抑我，更加无法控制我，我明白所有曾经认识过的人，每一个经历过的事件，都是人生的滋养，感谢它带来生命的智慧，让我的根基更稳固，内心更坚定，化为我底层深远的一股力量，支持我，继续往前走。

　　这就是优雅的原因。

　　优雅并不是表面的美，而是经历过是是非非，还是愿意相信，愿意以一颗开放的心，活出生意盎然的生命力，那是一种灵魂纯净的本质，你从未失去它，只是偶尔遗忘。

请回到你的内在权威与策略，展现出你的优雅，活在当下。

最坏是最好的事 ▶

有一回，在人类图培养讲师的进阶课程里，资深的人类图前辈Carol Zimmerrman老师来为我们演讲。她分享了自己在过往的教学生涯中，那些让人慌张、痛苦、抗拒、不知所措的经验。上课的过程中，她说了一段话，让我印象尤其深刻。

"有时候，你会觉得，教那一班简直是一场最坏最难最恐怖的噩梦，到最后，回头再看，通常都会发现，那其实是一次最好最棒最独特的经验。最坏，其实是最好的，让你成长得最快，学得更多，成为一个更好的老师。"

最坏，其实是最好的事。

这世界上许多人并不是真的想伤害你,由于误解与无知,好心人做坏事,阴错阳差搞成了一场轰轰烈烈的危机,如果你没有迷失在自己声嘶力竭、莫名的抗拒之中,就有机会看见。危机不只是转机,还可以是一次次身心灵疗愈的机会,如果你够勇敢,愿意深入去看,就有机会翻出压在底层的黑暗与痛苦,转化为养分,成就未来的自己。

请回到你的内在权威与策略,莫急躁,心静才能看见自己,危机就只是一次让你从无经验变成有经验的过程,今天请好好体会,这最坏,其实是最好的事。

神很忙

　　你的困惑与疑问,是很重要的过程。
　　这是沿路撒下的面包屑,吸引鸟儿跳跃往前,每一个疑惑都是线索,借由探索的蜿蜒过程,让灵魂走上属于自己的道路。
　　既然如此,不管多急着想奔驰到点,每一次,当你开始急躁浮动,稳住,深呼吸,带着你的疑惑,学习与疑问安稳同在,同时,以你喜欢的步调与节奏,稳稳地,往,前,走。
　　一定会有那拨云见日、让你恍然大悟的那一天,只是现在没人知道何时会发生。如果想祈求神,请别漫无目的、啰哩啰唆说个没完,不负责任将所有希望事项,一股脑全倒在他身上。也请你别一直逼问他,究竟答案是什么,更别埋怨他,为什么不让谜题揭晓,你多希望关于人生的标准答案,可以简单又一目了然，清清楚楚写在最底端。

神很忙。

请回到你的内在权威与策略，你得做你该做的，以自己的方式好好努力，与困惑与疑问握手言和，把酒言欢，成就你的精彩人生。

你不必永远是对的

"人们总以为有信念的人很伟大,其实这些人只是固执于自己的意见,精神上没有任何进步,也就是说,精神的怠惰创造出信念。无论多么正当的意见或主张,都必须不断地进化,重新思考,再次改造,才能适应时代的变化。"——尼采《人性的,太人性的》

如何适应世事无常?

首先,你不能拘泥于既定的信念,也不能僵化于既定运作的模式。这听起来好像很严肃,就像是个纠察队,跟你说,哔哔哔——犯规犯规,不要一直以为自己是对的,我是对的我是对的我是对的,让人上了瘾,最后就只能活在一个狭小的框架里，或许你永远是对的，只是到最后，你的世界也只剩下你一个人而已。

既然没有什么会永恒不变，你怎么可能永远是对的？

每一件事情来到你面前，都是一个很棒的机会，让你重新检视自己，调整自己，适应的过程让我们越来越明白世事，越来越懂得人情，学习区分什么是为了取悦别人而做，什么又是自己真心渴望。然后，每个当下都可以重新修正，重新做选择，而每一次选择，才能让自己活得越来越豁达。

如果你不必永远是对的，你也承认了自己的不完美，会不会更快乐一点？

请回到你的内在权威与策略，超越对错，就算同样的事情你已经做了一百次、一千次，都能够以一个全新的态度再做一次，然后，这一次，真正看见自己的美。

你不必是最对的，你是最棒的，做自己就可以了。

对过往的顿悟 ▶

如果你今天莫名为了某件事、某个人，或某种特定的状况有了情绪，可能为此感到愤怒、恐惧、感伤、难过或懊恼……这些让人感觉不太好的感觉，其实都很好，换个角度看，这是一个全新的机会，让你重新省视过往所做的决定，接下来，才能以全新的角度，从中学习，重新再做选择。

不要害怕承认过去的错误，因为当时的你，必定做了当下能做的最好的选择，如果今天的你，开始懊悔过往多么不成熟，那么，也请对自己多点同理心，换个角度看，不成熟也是一段必经之路，让人蜕变成一个成熟的人。

没有白走的路，何须自责。重点在于对过往的顿悟，化为未来的养分，让你更坚强，也更茁壮。

请回到你的内在权威与策略，坦然接受过去就是这样，过

去已经过去,然后把焦点放回现在呢?未来呢?现在的你想如何调整与改变,才能创造出你所渴望的结果呢?

这是值得好好思考与沉淀的一天。

不是没有路,只是还没到

今天若是发现自己开始苦恼,苦恼于一些尚未找到解决之道的事情,在我们又开始近乎偏执,内心郁结地认为,前方必定没有路,一切真是太糟太烂了的时候,请停下来,先静一静,慢慢试着跟自己这样说:

"好吧,现在就是如此,我愿意相信前方不是没有路,只是现在的我还没找到。"

既然现在就是如此,何须与自己为难?继续钻牛角尖对你并没有好处,钻到底所得到的结论,往往很负面,只会让自己感觉更糟糕。既然如此,何不先转移注意力,做一些让自己会开心的事情。比如说,好好吃顿美食,去公园散散步,买朵花给自己,或是拨通电话给你的好朋友,做些似乎无关紧要,其实却是无比重要的小事。

　　这些让人愉悦的小事，永远不会是浪费时间，而是你滋养灵魂的秘诀。

　　当你充好电，对自己好，才会真正看见，哇！原来机会一直藏在转角处，像是独角兽带着祝福等着你，而你苦苦追寻的解决之道，一直都在，只等着你轻轻松松转个弯，就能微笑与之相遇。

　　今天也请回到你的内在权威与策略，前方一定有路，放轻松，很快就会找到它。

静待 ▶

别以为别人看不见你的用心,而开始质疑,这么长久以来自己的坚持与努力,究竟有没有意义。

有时候,生活是难堪的,当一个人有才华,很聪明,青春美丽,渴望付出,充满爱……总结起来,以为早已集满所有能想象得到的,每一个构成成功的因素,自忖也劳心劳力,做完每一件必须做的事情。讽刺的是,离那个梦想、那个成功,却始终还是有距离。

但愿这人生有道理,但愿一切会公平,但愿每一次去爱,每一次付出,都会圆满,都不会受伤,但愿世界上的束缚与枷锁都有解,但愿幸福与快乐,与我们每一个人常在。只是但愿归但愿,其实,我们心知肚明,这世界很难有道理,很难公平,实话是,爱并不容易,快乐幸福宛如青鸟,它悄悄飞到你肩上，你以为会天长地久了，下一秒，可能又消逝无踪。

如果今天感到低潮沮丧或失落，请与自己的内在停战，告诉自己静待的过程，不是你多用力多委屈就可以，这就是过程，过程需要时间，正好让你学习，如何和谐与自己在一起。

请回到你的内在权威与策略，有没有意义，有一天答案终会揭晓，在那之前，爱你自己。

当下诚可贵

人生是一场电影。

如果这场电影出现任何你不喜欢的场景,别逃开,好好地,注视这一切,体验它,物换星移,时序流转,青春的风华,留恋的时光,都是铺陈,都是过程,每一个结束都会带来下一个开始,而每个开始,最终也难逃告别。

我们恐惧接下来会发生的,遗憾过去曾经错过的,抗拒着,以为只要严实锁住灵魂与心,就能保护自己。眼睁睁看着这个当下过去了,又过去了,再过去了,不断过去,不断错过,完全忘记了,这是一场电影,无法重播,无法倒带,体验就在当下,没有就没有了。

若看见这才是真实,到最后,终是虚无,又何须逃避这一刻,这一个当下?

真实去感受它，真实去体验它，真实去拥抱自己的无能为力与挣扎，如果想笑，就让自己开怀喜悦，如果想哭，就放肆大哭一场，这一切都会过去，每一幕都将曲终人散，有一天蓦然回首，你不会悔恨自己赖活虚度，而会肯定自己，庆幸自己，活得如此勇敢，如此真实。

请回到你的内在权威与策略，如果最近不太好，那很好，生活中的好与不好，最后都能让你变得很好，加油，我的朋友，加油。

追着跑 ▸

多年前,我买了几幅版画,其中一幅是一个小男孩站在阶梯上,向上快乐地扔皮球,我画廊的朋友说,皮球代表的是梦想,一开始每个人内在都是天真的,满心欢喜期待,小皮球虽小,却能让想象力快速奔驰,做梦与筑梦过程本身,就能带来无比的快乐。

然后,下一幅则是一个成年人,在阶梯上转身往下奔跑,而背后有一个好大好大的滚轮,他被滚轮追着跑,只能奔跑,只能不断不断不断奔跑……我画廊的朋友说,人生到最后很讽刺地,当时小皮球的美梦,到最后成了一个驱策你不能停止,只能前进的滚轮。

我忍不住买了这两幅画,不太确定到底是哪个部分打动了我,可能是,这两幅版画本身只有黑与白的简洁与单纯,实在很有趣，也极有可能其实是被画廊朋友所说的话触动了。

在理想的状态下，多么希望，自己能够每天每天都充满着正面的能量，但是，事实是，无奈与讽刺的是，人生总有这么多诡异的逻辑，无所适从或迷失其实是必然，怎能让人不叹息。

如果今天又感到自己被追着跑，如果可以偷个空，闭上眼睛想象一下，这滚轮逐渐缩小缩小再缩小，可以再度回到小皮球的状态，小皮球，香蕉油，满地开花二十一，二五六，二五七，二八二九三十一……

请回到你的内在权威与策略，你从来没有失去内在的小孩，从来没有，只是偶尔遗忘了童心，快乐会回来的，只要你愿意。

做该做的事，包括感伤 ▸

把该做的事情，一样一样做完，也一样一样做好，该整理的、该完结的、该改正的、该送出的，都处理好，如果还有余裕，就以你熟悉的节奏，你习惯的速度，一步一步完成，像是跳着一首圆舞曲，如果无法如此，那也换个角度想，何不享受这首火战车的旋律，感受鼓声隆隆，强烈地，属于改变的节奏感。

是的，改变需要过程，而你正在经历它。

今天，你说，让我做完该做的事，我说，做完该做的事，也包括感伤。

时光飞逝如洪流，席卷吞噬了所有，在过程中，在你的笑、你的泪、你的慌忙、你的恋恋不舍、你的恐惧、你的疑惑、你的坦然、你的倔强、你的迷惑与执着之中，你发现了,自己原本以为并不存在的勇敢与决心,挣扎中,你不也看见了真正的自己,从未远离,可预见将一直一直同在的,怯懦与真情……

做该做的事情,包括感伤。如果不是感伤,那也紧紧地拥抱自己的每一寸情感,不要逃避,不要麻木,不要说感受不重要,感受怎么会不重要呢?每一个感受,高高低低,都是曾经或已经存在着的,爱的证据呀。

请回到你的内在权威与策略,全然地,活着,除了工作,感受自己的感受,人生不见得总是快乐的,但是你是没问题的,这是改变的过程,而你正在经历它。

不会放弃，爱的勇气

　　今天若不知为何，想起那些曾经让你跌得很惨的往事，不管是失败、挫折、苦痛、被嘲笑，或者是被背叛……当时的心痛，像是一瞬间掉落深渊的痛苦，失去信任，失去爱的感受，心如玻璃碎成一地的心情，已经很久，你一直逃避着，再也不愿意想起。

　　艳阳高照的夏天，照理说不该回顾过往，但是，悄悄地，像是精灵淘气的提醒，默默地，又上心头。你知道，当一个人再度想起过往，宇宙真正想告诉你的讯息是什么吗？

　　这一切都过去了，而你做得很好。

　　时光无法回溯，当往事如风再度来袭，当你想起过往的苦痛与无奈，请相信这并没有任何要折磨你的意思，这只是一个珍贵的时刻，让你有机会去看见，这一路走来，你做得多么好，看看现在的你，你并没有放弃爱的勇气，就算怀疑世间是否有真心，你还是愿意相信，坚强而坦荡地，继续往前走着。

请回到你的内在权威与策略，曾经受过的伤，没有人知道会不会有痊愈的一天，可以确定的是，在今天，在未来都一定会，成就一个更棒的你。

谢谢这一切的淬炼，让我们每一天都可以成为更完整的自己。

有些事情你现在不必问 ▸

我们的生活，日复一日，存在着，群居也独行。

活着活着，有些事情突然懂得了，恍然大悟的瞬间，突然又是一阵更广阔的迷雾，迎面而来，深深呼吸，空气里寒冽的冰冷，没有答案。正是因为没有答案，于是引诱也引领着我们，自底层生起更大的好奇心，驱动每个人往前，渴望拥有，渴望探索，渴望成长，渴望知晓更多，隐藏于神秘之中的道理。

有些事情你现在不必问。

人生的重点也不在于你知道了多少，学识无涯，所有的假设、解答、疑惑、斩钉截铁认为非如此不可的规矩，也不见得全都经得起时间的考验，答案是下一个问题的开始，该问自己：知道了，等于懂得吗？明白了，就等同改变吗？

我的生命追求的是空泛的答案，还是真实的体验？

请回到你的内在权威与策略，人身可贵，生命中的每一刻，如流沙，无形中悄悄逝去，真正的答案不该仅止于一个说法，而是人在大千世界里，谦逊而开放，对生命本质细腻的体会。

体会你的生命，每一天都无比珍贵。

你需要相当程度的自以为是　▶

"自以为是"不一定是不好的东西，非常时期，人云亦云，突发失控之际，其实，真的没人知道该怎么办，那么你要怎么办呢？你只能相信选择，相信自己的本心，再一次，选择去行动，再一次放手一搏，做你认为应当做的事情。

若是如此，相当程度的自以为是，就能成为一股很好的动力，让你可以重新开始，驱动你找寻新的秩序。而那些不可避免的忧虑与挣扎，质疑与不确定，都可以协助你更警觉，更深刻地去察觉周围的一切，包括你自己。

成熟，并不是经历千疮百孔后，彻底失去自己的梦想；成熟是，看尽了过往千帆皆不是，懂得区分什么是"是的"什么是"不是的"，然后，有勇气再选择一次，再一次，我朝我认为"是的"，以相当程度的自以为是，愿意继续，愿意执着下去，去走一条我认为有意义的路。

到最后，你必定不是为何人而做的，你只是为你自己而做，为你所坚持的意义、你的梦、你的歌、你对生命的渴望……你为自己的热情负责，为此你一次又一次重新选择，选择尽其所能，活出那个热力四射的自己。

请回到你的内在权威与策略，你需要相当程度的自以为是，才能坚持每一天好好生活，好好为梦想继续努力。

傻瓜可以当一次

　　回顾是一件非常重要的事情,其重要性超乎你所能想象。
　　接下来这段时间,是重整梳理自己的时候,请你将最近这阵子的失序与混乱,好好倒带,有机会在脑中或心中重新检视,再想一次,再看一遍。
　　回顾的意思并非要你陷入自责,更不是要你去埋怨任何人,该发生的已经发生,人生在世,傻瓜可以当一次,毕竟有些事情没有亲身经历过,永远不会知道究竟是怎么一回事。但是呀,若重复的事情一而再、再而三地发生,那就是宇宙想认真告诉你,孩子,是时候了,有些事情你该学会了。
　　是时候了,你该学会,有很多事情,你就是无法勉强自己。你该学会,爱的本质,或许不只是充满玫瑰色的梦幻就可以。你该学会，有人不爱你，这并无损于你的价值与珍贵。你该学会，好好照顾自己，尊重自己的需求，根本就是天经地义的事情。你该学会，接纳自己也有脆弱的那一面，并非懦弱或羞耻的表现，而是真正的勇敢。你该学会，沉默与隐忍不等于以和为贵，冲突之间，有很多值得深思的智慧，没有事情可以一蹴即成，尊重是一段进化与相互学习、逐渐成熟的过程。

这条路的折腾与痛，是最好的赐礼，而你，学会了吗？

请回到你的内在权威与策略，回首来时路，每一步都可以解释成诅咒，也可以化身为祝福，当一次傻瓜，其实是很过瘾的回忆，不是吗？

（懊悔无用，学会才是重点，别庸人自扰了，傻瓜！）

当你以为

　　当你以为，全世界只剩你一个人在跳舞，回旋，跳跃，凝视，转圈。当你以为，双手伸展出去，能够抓住的只有空气，空无一物的虚无，不知生命究竟所谓何来的讽刺，向你袭来。当你以为，或许，命运终究没有要站在你这边的意思，当你以为，孤独与寂寞，看来无穷无尽与你相随……

　　当你听见有人说，无人是孤岛，你觉得这句话宛如一个极大的谎言，独自奋战的时刻，尤其，没有人与你拥有同样的渴望时，渴望只是你一个人，是一颗天边的孤星，微弱地闪着光。

　　孤独是如此真实。

　　安静下来。

　　如果开始怀疑这一切究竟是不是有所安排，那请选择相信，孤独是酝酿创造力的必经过程。

　　这世界上有很多很多人，也正在这世界的不同角落，跳着舞，回旋，跳跃，凝视，转圈。这世界上有很多很多很多很多人，把双手伸展出去，也以为自己能够抓住的只有空气……

　　你的孤独并不孤单，也不稀有，人存在，不管在哪个世代，总会有些时刻，当那空无一物的虚无，还有不知生命究竟所谓何来的讽刺，逆袭而来，当每一个人都误以为，自己即将被黑暗所吞噬，其实，并不尽然。

　　你，只是在你的位置上，我也只是站在我的位置上，汗与泪如雨下，急促无力又焦虑地喘息，各自有各自的挣扎、各自的体会、各自的狂喜，也有各自的责任，各自即将前往的梦想，我们自以为的孤独，反而是命运的赐礼，足以让彼此的灵魂共振，共舞，紧密连接，对生命产出更深的理解与体悟。

　　请回到你的内在权威与策略，或许生命下个转折处，我们会有幸一起共舞，到时必定会激荡出美妙的火花，一定很美。

　　在那之前，正在跳着舞的你，并不孤独。

不是没有路,只是还没到

经过多年以后 ▶

往往得经过好几年，回头再看，才能对当时的自己，产生全然不同的解读。

当年觉得恐惧的，现在看来，不再是困扰。（恭喜你，你长大了。）当年感到遗憾的，现在看来，反倒让人懂得圆满。（恭喜你，你成熟了。）当年执拗认为非如此不可的，现在很清楚是紧抓厚重的盔甲，源自莫名的我执。（恭喜你，你更有智慧了。）曾经某年某月某日，悲伤得像是世界彻底崩毁了，现在看来，日子依旧天天如时运转，有些伤难免还是留下痕迹了，但你也因此领略了其中的智慧，好不容易学会淡然了，终于。（恭喜你，你穿越了。）

多年之后，我们早已不复以往。

既然如此，现在让你钻牛角尖，深感忧愁与困扰的一切，多年之后，你又会怎么想呢？那一个长大了、更加成熟、智慧具足、穿越既定课题的你，会如何看待现在的自己呢？

事情轻重缓急的先后顺序，随着岁月洪流重新冲刷，反复洗牌，筛选到最后，留下的是真正重要的价值，是知道长日将尽，一切终将有尽头，而你愿不愿意选择为自己所相信的意义而活，坚定并勇敢。

请回到你的内在权威与策略，为自己加油。

关于能力不足这件事 ▶

能力不足就是能力不足,这是事实,关于这点,我们有两点要说:

一、如果承认自己能力不足,会让你觉得痛苦,那么,请你坚强点,好好看清楚:"能力不足"可以是一个事实,但是,这并不直接等同于障碍,不是让你逃避的借口,更不是你合理化自己行为的理由。

现在能力不足,这很好,如果你愿意,这将是一个探索与学习新领域的开始。关键在于你的态度,你的意志,你的渴望,还有你是否愿意坚持下去。

如此一来,能力不足只是过程中的一个阶段,你必定能顺利穿越,柳暗花明又一村。

二、如果发现自己周围充满一群能力不足的笨蛋。好,这也是事实。那么，一直无谓抗拒或想改变对方，只是徒劳无功，让你也变成笨蛋一个，请停止这种无谓的行为，好吗？

值得花工夫去厘清的，反倒是：他有没有意愿学习，有没有渴望进步，想不想再继续？你知道，这世界上不是每个人都聪明，更不是每个人都想要变成一个更好的人，朽木不可雕，既然如此，你又何须缘木求鱼？

我们无法对别人的人生负责任，请放下你个人的执着，这世界上每个人各自会有各自的出路，请尊重彼此的选择。

恕我有话直说。

请回到你的内在权威与策略，别继续深陷在能力不足的痛苦里，这是你捏造出来的暗黑剧场，演到最后只会让你更讨厌自己，变得更蠢。

请为自己的人生负责任，明确做出选择，好好努力，让自己不断进步，有朝一日，蜕变成为一个真正有能力的人。

有一天终将分离 ▶

生命，有开始，就有结束。

就像人与人的缘分，就像世间起落，当一切趋近完美，也是迎向终点之际，生命并不残酷，它只是遵循着有开始必有结束的准则，是我们常常看不开，以为世事无常而充满恐惧，对开始满心欢喜，却结束得悲苦遗憾。

结束，不也是一个全新的开始吗？

或许，我们该真心感谢一切都会结束，因为有一天终将分离，所以每一个当下才会变得如此闪闪发亮，值得努力与珍惜，不管是看待自己的生命，或是身边所拥有的每一段情谊，时光永远无法倒流，也不会重来，每一刻都无法取代，稍纵即逝。

体验你的遗憾与失落，同时也愿意继续盼望着，满心期待，认真努力着，明白沿路上还有许多全新的风景，等着你一一体会。逝去的，并不代表失去，怎么可能失去呢？就算不能常相见，或者可能永远都无法再见，那过往的回忆与笑语，翻飞而起的悲喜交织，你不是一直都放在心里吗？

有一天终将分离，有一天，你与我都会离去，这是事实，这很好，这让我们可以相互提醒勉励，每一刻都要让自己活得尽情尽兴。

请回到你的内在权威与策略，衷心感激每一个告别与每一个结束，然后坦然去爱，活得勇敢而无憾。

第三章

蜕变

没什么道理

存在

很难受的时候,抑郁的时候,再一次想一想,自己为了什么而奋战。

如果清楚所抱持的心志,就算感受到惧怕与悲伤,都能继续坚持,此刻当下,存在本身就会有力量。

今天,把理性收起来,用心去感受全世界正喧嚷沸腾的情感。

这里头不管是痛是恨是爱是激情,都是我们真实存在着、活着的证明。真正能驱动人心的,永远是情感本身,情感高低起落,或许在当下看不见绝对的真实,无法理性,无法有条有理爬梳其来龙去脉,现在究竟谁是谁非,离盖棺定论尚太远,最真实的是,好好去感受自己的内在,在这一刻所涌现的种种情感。

因为这些情绪底层,都吐露出无比真实的洞见,那就是:

我们深刻渴望蜕变,这是一股底层隐隐奔腾的黑潮,在看似纷乱的表象之下,强大无比,在人心之间流动着。

请回到你的内在权威与策略,带着理性做事不难,怀抱情感活着需要勇敢,雨落下的时候,都不会放弃期盼天晴的渴求,不管惆怅或悲歌,今天都请真实地活着,存在着。

我们在一起,一起加油。

整合，让我们更强大

不管发生什么事情，冲击也好，打击也罢，任何让人感到惊吓的事件，若能看得更深，核心的关键点并非事件本身，而是面对这一切，你所选择的态度，你看待事件的切入点，还有你如何重新整合的能力。

注意自己的自动化，不要轻易落入比较与竞争的窠臼，争夺资源源于匮乏的心，削弱的只是彼此的力量。

与其抗拒与争夺，不如整合。

整合，会让你更强大，而变得强大，并不是为了击溃谁，因为强大，所以更包容，可以活得更宽广，有更大的胸怀能蕴含深厚的爱，滋养自己与周围的人，虽然难得，但并非不可得，坦诚彼此的限制，找寻圆满的可能。

是，我们生来就不同。

是，人与人之间要如何和平相处是难题。

是，没有完美。缺憾与不公不义的事情，依旧天天在发生。

这很好，这将给予我们一个完美的课题，让每一个人能思考如何善用自己的智慧，发挥内在蕴藏的能量，好好练习整合的能力。

请回到你的内在权威与策略，因为你够强大，所以能整合，而整合，会让我们变得更强大，一起温柔又炽烈地，散发巨大的爱能量。

重点是那些爱着你的人 ▶

无人能取悦全世界所有的人，不管怎么做，都不可能完美到让每一个人都开心。这道理你说你懂，但是，一遇到与你的意见不相符的时候，甚至不喜欢你的评论出现了，你又忍不住，莫名觉得好难受。

今天，先别把力气放在反击上，也别因为情绪过于激动，而做出奇怪的决定。

换个角度想想，问问自己：你把多少资源与精神，放在对抗上？

一百个人里头，可能只有一两个人，基于他们所认知的原因与理由，决定不喜欢你。我们却把所有精力，放在极少数的人们身上，而忘了看见还有好大一群人，默默爱着你，支持着你，用他们懂得的方式，与你在一起。

公平一点,看见事情的全貌。

请回到你的内在权威与策略,不管发生什么事,重点是那些爱着你的人,该放手的放手吧,好好珍惜握住你手的人。

不必讨好,把事情做好 ▸

无奈的事情多不多?很多。

这个世界不知从何时开始,已进化并演变成惊人的巨大机制,一开始总是单纯,出自渴望为众人服务的美意,只是走远了,也容易走偏了,行至今日,混杂私欲与恐惧,权力倾轧,利益相互争夺抗衡,层层相扣,复杂不清,这是事实。不管选择看不看,都是事实。

若突然有一股无能为力的感受袭来,不必勉强自己立即奋发向上,也先别急着对抗,允许自己能够喘口气,花些时间,与自己真实的感觉同在。

感觉不舒服很好,因为你的心开始觉醒了。

改变的第一步,先改变自己:不必讨好任何人,想清楚你的原则是什么,依循你所相信的核心价值,接下来,其余的顾虑就可以先摆在一旁，练习专注，将事情尽可能做到最好。

不必恐惧巨大的势力会将我们吞噬，只要站稳脚步，正直去生活，一个人影响另一个人，每个人的存在将融合于一股隐隐酝酿的强大的力量中，蜕变成下一波新的思潮，带来改变。

请回到你的内在权威与策略，不必讨好，把事情做好。

冒险的开始 ▸

　　有些事情，或许终其一生，永远无法忘记，头脑往往是自己最残酷的敌人，根据过往的经验与记忆，我们对未来抱持期待，也忍不住心生怀疑，虽然提醒自己乐观进取，内在却依然紧抓悲观的权利。

　　你的记忆对你是负担，还是宝藏呢？

　　就在今天，宇宙想提醒你的是，过去已经过去了，你早已并非过去那个你。何必自我设限，活在过往的牢笼里？

　　如果你愿意，请站在镜子前端详你自己，就在这个当下，有没有看见自己的蜕变？有没有看见现在的你所展现的优雅？有没有正视自己的力量？有没有认得自己在面对未知时，在迎向接下来的挑战时，脸上那种温柔又坚毅的神情？

　　现在的你，好美丽。

　　但愿你能对自己诚实，看见自己眼睛深处，蕴藏着灵魂里，无与伦比的美，不管过去曾经发生过什么，至少现在的你是ＯＫ的，你是没有问题的，我们在每个当下都可以重新做选择，现在的你正踩在起点，迎向冒险的开始。

　　请回到你的内在权威与策略，不必让过去毁了任何未来的可能性，请相信自己。

蜕变没什么道理 ▸

  蜕变通常发生在转瞬间,原本在内心有一条如峡谷般深不见底的鸿沟,突然像做了特效一样,自立体转变成平面似的,从鸿沟变成一条直线。本来以为困难到插翅才能飞跃,却没料到,只要一跨步,就此穿越了,就这样,你跨过去了,从此进入另一个阶段,另一个全新的世界。
  蜕变的时机点没什么道理,看似一瞬间就天差地别。
  你就这样轻轻巧巧地跨越了,是你长久的努力加上来自宇宙悠远的祝福,超乎自己的想象,优雅而自在,像毛毛虫蜕变成蝴蝶,像天使找到自己的翅膀,理所当然,没有任何勉强了。
  这世界上绝大部分的人只羡慕有成果的人,事实上能走到这一步,之前人家早已付出许多努力,所有的苦心酝酿与累

积,才能换来这一刻,穿越的奇迹。

今天请回到你的内在权威与策略,蜕变一定会发生,要有信心,在那之前,请好好耕耘,用心努力。

限制与自由 ▶

有一个小孩被爸妈强迫着天天得练习弹钢琴，小孩痛恨弹钢琴，却不得不弹，天天觉得自己被操控、被限制，内心觉得抗拒，也感到无奈，但是还是天天练，天天弹奏着。

就这样，不知不觉十年过去了，小孩长大成为一位著名的钢琴家，回首过往他体会到，如果爸妈没有定下限制与规矩，如果没有当年枯燥乏味的基本功，他在日后根本不会有机会，一窥音乐殿堂的奥妙，无法体验灵魂与琴声合一的时刻，竟然可以穿越时空，无比自由，更不会了解到，自己能才华洋溢，在音乐的世界里发光发亮。

许多时候，当下的限制让人痛苦，因为我们看不见，这些过程其实会奠定未来自由的基础。

　　如果你为限制所苦，想一想，这其中藏有现在你还无法领略的祝福，是宇宙看见你珍贵的本质与才华，远远超乎现在的你所能想象，所以天将降大任，而你必先苦心志，才能迎接未来丰硕的成果。

　　请回到你的内在权威与策略，没错，限制依旧存在，也唯有如此，才能让你领略，自由的真义。

有料的人不怕

不要被影响,这本就是一个华而不实的世界。

看不清楚自己的人,比比皆是,每个人都有自己的人生功课,有其需要经历的过程,我们只能学习不断放手,提醒自己宽以待人,某个程度来说,并非为了让别人好过,而是让自己懂得平衡。

一般人很容易将事情想得太浅,也把一切想得过于理所当然,众人往往着迷于蜕变后的绚烂,却忽略了蜕变之前长久的酝酿与苦心。人生如何走出一条路来?需要一步一步务实走出来,这些是实质经验的累积,并非嘴上说说那么容易。

有料的人不怕。

如果你明白这道理,那么并不需要大肆张扬,才足以代表自己的决心。当时机尚未成熟,孤独就是必要的过程,唯有

鸭子划水,坚持下去,有一天,必定能够守得云开见月明。

请回到你的内在权威与策略,把焦点放回到自己该做的事情上,继续努力,坚持下去,加油。

评断 ▶

当别人对你有所评断,值得思考的是:

我所知道的,或者我以为我知道的,是否偏离事实太远?

我是走得太超前,还是太落后?太过前卫的意见,若是与众人目前的认知相差太遥远,沟通上的确要多下点功夫。反言之,如果你是属于太落后的那一边,那么要问问自己的是,我还需要在哪些领域上,好好下功夫。

当评断出现,代表对方已经选择某种特定的观点,在你试图改变对方的想法之前,请重新思考自己当下的位置,自己的观点,整合彼此的落差,就事论事,调整好自己的心态。

体验你的体验,如果很无奈,也去体验它。然后,回到你的内在权威与策略,做好该做的工作,黑暗不是无止境,调整再调整,光亮一定会到来。

回归基本面，好好解决问题

你有没有过这样的经验，被锁在门外时气急败坏，跑来跑去到处找钥匙，找锁匠，一下子怒骂自己太粗心，一下子又怪别人害了你，弄得满身大汗，筋疲力尽，到最后，发现原来钥匙啊，安静地躺在你的口袋里。

这个故事告诉我们什么呢？

一直往外求，其实到最后，若要如何，全凭自己。过去这段时间的乱象与纷扰，请仔细回顾一遍，静下来，好好梳理自己的思绪，尽责去做原本该做的每件事情。

回归基本面，好好解决问题。

清晰判断，为自己的选择负责任，若是秉持负责任的态度，就能引发更多觉醒，也同样选择负责任的人，集结在一起，站出立场。

请回到你的内在权威与策略,一切会结束,一切也能重新开始,钥匙就在你手中。

了解人性，就能适应 ▶

人类图祖师爷Ra曾经讲过一个关于他自己的小故事，非常有趣同时也引人深思，让我翻译成中文，引用如下：

在我二十几岁年轻的时候曾经替报社工作，工作内容是每天要打两百通电话。当时我的老板是个德国人，他从事这一行赚了上百万，因为想退休了，所以他决定要训练我接手。他告诉我：

"如果你每天都打两百通电话，你一定会成为全世界最棒的推销员，这两百通电话里，会有二十通跟你说好，而这个过程中你会被训练出来的能力就是，能够坦然接受其余那一百八十通电话对你说不！"

在那段过程中，有非常多人直接挂了我的电话，也有很多人对我说,你少来烦我。但同时,我也赚了很多钱,这就是我所学习到的,关于自尊心的课题:了解人性,就能适应。经过这段时间的磨炼,现在的我只要拿起电话,听见对方的声音,就如本能般,我就可以了解对方现在的状态。

如果你要成为一个有影响力的人,就要了解人的本性,你要知道每个人真正在意的是什么,你要明白他们没有说出口的渴望与需求,然后,你要能好好解释自己的想法,让对方收到,你能为他们贡献的是什么。

我很喜欢祖师爷所说的这个小故事,希望这会为你的一天带来某种安慰或启发。

今天,也让我们一起回到自己的内在权威与策略,锻炼自己适应变化的能力,过程中的每一步,都是宇宙为每个人带来的很好的课题,让我们更了解自己,更了解别人,也更懂得人性。

一切都会越来越好的,加油。

衰鬼莫近，暖流汇集

心情不太美丽？莫名感到沮丧？低落不爽？浑身提不起劲？

缺乏正面能量的时候，最恐怖的悲剧就是被另一个比你情绪更烂的衰鬼缠住，若是放任自己继续聆听下去，这成山成海充满抱怨与无力的言语，会化成无止境的黑洞，磨损灵魂的羽翼，让人失去元气，逐渐灭顶，让你感觉人生更悲惨，对谁都没助益。

你不必承担衰鬼无穷无尽的抱怨，就如同你也得自行处理生命中的为难，每个人都是独立的个体，只有自立自强，无法耍赖。

人与人之间，能量本来就能相互影响、共振与流动，尊重每个人都会有各自的体会，尊重每个人内在都存在一尊佛

（只是他可能自己并不知道），每个人都有足够的能力，可以为自己的人生负责，所以，当周围有人带着自身沉重的负面能量来袭，你真的不必无限制地接收下来。

付出爱与关怀的同时，你也得学习尊重自己。

平衡是一门艺术，练习画好适度的界线，明白每个人的道不同，当每个人都愿意为自己负责任，这世界上的衰鬼们，不就自然消散无踪影了吗？你不是超人，你也不必解决这世界所有的难题，若是盲目承揽他人的生命，最后只会榨干你自己。

请回到你的内在权威与策略，站稳立场，衰鬼莫近，你要先照顾好自己，照顾好你的心，唯有如此，你才有余力将忧郁转化成一股小小的暖流，然后，选择与另一股暖流交流，让彼此的温暖与爱，在这世界上汇集成更大的暖意。

徒劳无功之余

第一天,默默挖了一个很大很深的洞,不间断。

第二天,静静将挖出来的土填回去,不停歇。

第三天,再重复做第一天所做的事。

第四天,接着重复第二天所做的事。

周而复始,再重复一次,再重复再重复再重复下去,没有人可以告诉你,何时会停止,何时有尽头,什么是意义,什么是答案。

据说,这就是某些国家过去折磨犯人的时候,惯常使用的方式。

人心坚韧,也可以极其脆弱,重复本身并不是问题,问题在于当一个人看见的只是限制,让他开始认为自己所做的一切,到头来,都只是徒劳无功的,这就成为精神的折磨,继续如此下去，让心崩溃的日子，并不远。

说真的，如果真要悲观来看待这一切，每一天，每一个人，吃喝拉撒睡，不都是以另一种形式在挖土，也在填土？如果你想问，这一切到底有什么意义，为什么要如此？活着会不会根本也是一种徒劳无功的行为？

我想问你，如果继续这样质问自己，对你而言，究竟是折磨，还是追寻？你会活得更宽广，还是更纠结？

这并非强迫每个人正面思考，也并非意味着每个人都得活得欢欣鼓舞又积极才是王道。而是接受世事有时就会滞碍不前，也明白，这就是生命中的不可避免，既然如此，你不是犯人，又何须苦苦折磨自己？

放宽心，别抗拒，等时机点到来，旧有的将崩解，新事物一定会到来。

请回到你的内在权威与策略，今天感觉徒劳无功的时候，不要泄气，好好生活，这只是黎明前的黑暗，蜕变之前的酝酿，必经的过程，需要你亲自去经历。

开始 ▶

　　结束，然后有了新开始，也因为开始了，旧的过往也自然而然，彻底步向结束。

　　年轻少不更事的时候，以为开始与结束，都要头也不回，狠狠下定决心，宛如决裂般断裂，落泪悲伤都要带着义无反顾的勇敢。这是天真版本的无知，以为青春大把，只要手一挥就能全部重来，舍弃你，舍弃自己的记忆，舍弃爱过，简易地像再拿出一张雪白的画纸，以前的，都不算。

　　只是越来越不青春，才明白，没有什么可以舍去不算。

　　光阴不再给我一张雪白的画纸。

　　发上添了白色，眼角爬出了微微的细纹，纸上褪去颜色，曾经珍视的部分，又或者原本以为画错了的地方，都可以让人再一次，端详许久，双手合十，怀抱遗憾的同时也怀抱感

激,怀抱你与我的曾经。

不想舍弃,没有舍弃,也无法舍弃,但在同时,我也准备好,可以重新开始了。

回到我的内在权威与策略,我已经学会建立在过往之上,继续找寻人生的条理,以我的方式,重新去爱。

好好体会爱。

一千颗星星的光亮

　　所有曾经经历过、正在经历中、还有即将去体验的事，无形中，建构出清晰又繁杂的能量网络。

　　人与人之间，活着，担忧着各种担忧，也快乐着相似的快乐，我们彼此拉扯，也相互支持，不断对抗，也不免随波逐流，在失去与获得之间，在放弃与投降之中，点滴在心头，时时都能体会生命如此真实，每一天，都是学习放下，不断放下与继续放下的过程。

　　没有人知道未来会如何，或这一切究竟导向何处。

　　头脑的思绪永远混杂，要停下来不再乱想，真的很难，而我们能够做的，就是回到自己的本质：每一天，每一刻，每一次选择，都能宁静而稳定地，继续相信自己所相信的原则，散发独特的光亮。

请回到你的内在权威与策略,让光芒由内而外闪耀,就算现在还没有任何证据可依循,都愿意相信,人生最神奇的,不就是充满着不预期的惊喜吗?

或许就在下一秒,很快地,我们将发现天际繁星一整片,暗夜里的星光点点相呼应,光辉映照,宛如一千颗星星的光亮,灿烂无比。

影响力

　　每个人都有影响力,是的,不只是充满正面能量的人具有影响力哦,当你整个人掉落黑暗深渊,塞满负面思维的时候,你也具备十足的影响力,紧紧地将每个人吸往负面的方向。

　　所以,今天请有意识地说话,察觉自己散布的言语,是传播正面的思维,还是蕴藏负面的能量,有意识地行动,有意识地进食,有意识地与人交流,若是生气了,感到沮丧与失望,忍不住又想口出恶言了,允许自己先暂停一下,有意识地呼吸,有意识地稍事休息,有意识地,温柔地与自己同在。

　　不必对自己放送过往负面的记忆,活在当下,随时随地,总是可以静下来,跟自己说说话。

"你做得很好。""今天好热,对不对?""你的坚持我能理解。""你努力的样子好可爱。""很快就可以解决了,再坚持一下下。""待会去喝杯冰啤酒,犒赏自己吧。""你是最棒的。""谢谢你。""你一定做得到。""我真的好爱你。""加油,加油,加油哦。"

对你而言,你就是这世界上最珍贵的人,所以,请好好款待自己,先对自己散发正面的影响力。

请回到你的内在权威与策略,当你容光焕发,微笑向前走的时候,不知不觉就会吸引同样的正向能量,一起创造美好的世界。

回旋 ▶

　　成长之路往往无法直线前进,而是以一种回旋的循环,以螺旋的轨迹曲折而上。

　　我们静待,我们困惑,我们恍然大悟,我们选择,我们采取行动,然后再等待,有时候,宛如整个世界都静止死寂,你选择相信,我抱持怀疑,时而体悟,时而焦虑,有时可以释怀,有时满心怀疑,然后再做选择,伴随下一次的行动,周而复始,再来一次,前前后后,人生是一场回旋舞,你听见那萦绕在耳边的回旋曲了吗?

　　前进与退后,生命的轨迹不会是一条生硬的直线,这也就是为什么,有时候你觉得自己进步了,有时候又难免出现被打回原形的困窘。无论如何,请相信自己, 相信过程中的每一步都是很好的学习,只要时时保持察觉,你会一直进步,

会成熟。

就算有时候一切看来阻碍不前,请维持正向的信念,身为人类,进化的路径也是回旋迂回,出现问题或冲突的时候,并不代表我们退步了,每个挫折里皆蕴含机会,翻转过去之后,又将是全新的层次。

请回到你的内在权威与策略,回旋进退,都不忘你的本心,要有信心。

无心？之过？ ▶

"无心之过"的说法，其实想表达的是：我是不小心的，我不是故意的，我不知道这原来是不可以或不被允许的，就算越了界，基于我无心伤害任何人的出发点，这些举动似乎能变得比较合理，合理到足以减轻一些自己或别人的负面感受。

所谓的无心，其实是无意识。

人有许多无意识的意识，宛如冰山在海底潜藏的绝大部分，那是自己没看见、不愿承认、还不想接受的盲点。绝大部分的人以为，只有认知到的自己才真实，才有心，才值得重视，却忽略了那些隐藏于无心的底层，才是真正生命想教会你的核心课题，唯有看见了，蜕变才会变得有可能。

好好观察自己说的每一句话，自己脑子里的每一种思维，以及自己的每一个行为,每次承诺或采取行动之前,体察自己真正的出发点。

请回到你的内在权威与策略,每一刻,每一天都有意识地生活,有意识地选择。

没有无心,而是有没有意识到的差别。

你只需要飞翔 ▶

　　你说你不要Ａ，因为它限制了你的自由，基于逃避Ａ为出发点，你选择了Ｂ，以为这样就可以找到新的可能，只是很诡异地不用多久，Ｂ很快就会化为另一个Ａ，再度成为你的限制，再一次限制了你的自由。

　　如果你想要的是自由，那么最终极的自由，并不是用力推开你以为的限制，而是明白无论外在的限制多么无穷无尽，都无损于你心之所向。

　　自由将从心而生，拥有一对足以超越限制的翅膀，你又何须劳师动众拼命拆墙？你只需要飞翔。

　　如果内在装了好多抗拒、过度期待、执着与苦痛，这都会成为灵魂的负担，活得如此沉重，飞翔就变得遥不可及。这世界上每一个崭新的思维与创意，并非源自你，而是透过你而展现，让自己成为管道，与其抗拒环境种种的限制，不如静下来，清空自己心上的重担。

当你把自己准备好，当这个世界也真的准备好，蜕变就会发生，以蛹化为彩蝶的方式，超乎你的想象。

请回到你的内在权威与策略，重点并不是选A或选B，而是你心上的清澈与透明，然后你将发现从来没有人可以限制你的自由，因为当心如天使般轻盈，你就能飞翔。

是的,你问了这个问题 ▶

是脑袋不断问着问题,尤其是当心还没有明朗,答案尚未浮现之前。

是的,你问了这个问题,接着很快,下个问题又浮现脑中,正当你思量着,该如何回答自己,一张口却诡异地,蜿蜒又绕回了那原本无解的问题,毫无创意,当你开始厌烦,想放弃,自以为,这样终于甘心安静了吧,只是没多久,脑袋狂热地,忍不住又问了下个问题,一个再一个,各种换汤不换药的问题。

如果可以,请多点耐心,与自己的问题静静在一起,久一些。

是的,你问了这个问题。是啊,问题最后的指向,永远是关于自己。不会,找不到答案没多大关系。真的,你不会有

事的。人生的困惑，诸多问题都只是一条条细微的线索，要相信线索之上有神细心牵引，会让你渐渐看见，也看清楚自己的内心戏。

否则，你不会问这些问题，你不会内心起了涟漪。

请回到你的内在权威与策略，别急着行动，别迫切想穿越，先与问题在一起，与自己在一起，同理且亲密。

别匆匆忙忙逃避你的心。

去做一件你真正在意的事吧 ▶

我们常常吃饭吃得太快，开车开得飞快，工作做得太多，走得太过匆忙，以为自己很聪明，又怀疑自己不够聪明，很迅速，很有效率，在犯错与纠正之间翻滚着，不断不断地将自己延伸又延伸，就算表面不动声色，内心各式各样的挣扎消失又浮现，无形中，好不容易将自己推到极致而不自知。

人生到底有没有意义？我不想再挣扎了，对我而言，人生的意义是什么？

如果今日内心浮现这样的问题，请你静心体会，不管是否有答案，不管现在的你是清晰或是混乱，都是最完美的状态。

因为，没有人可以告诉你答案，唯一能确定的是，若你将宝贵的光阴虚掷于无意义的事情上（你很清楚什么才是真正

重要的,有时候你只是选择不去看),让自己一通瞎忙,累死之后,就更不可能找到意义所在。

何不先停下来,超越这些表象的混乱,深呼吸,去冒险!做一件你知道自己真正在意的事,看看会有什么发展,看看究竟会怎么样?

请回到你的内在权威与策略,勇敢些!人生的意义不是想出来的,你知道自己真正在意的是什么,放手去做吧!

定数 ▶

如果对的时间点出现了,一切自然汇集成一个简单的圆,环环相扣,这世界上每个人与每件事,都以奇妙而准确的状态相衔接,相倚并相依。

走到那一步,你会知道的。

是定数,也是冥冥中有其安排,总是在用尽力气,努力到某种极致之后,才会发现,懂得放松反而事情就对了,愿望就达成了,你自然也在这瞬间,把一切想通了,心放下了,做起来就变得丝毫不费力。

"原来是这样啊。"人生是由一连串随机与注定组合而成,努力该努力的,不该努力的,也无须继续揽在身上,尽你所能做好所有事,然后信任并听从更高层次的安排,淡然而豁达。

请回到你的内在权威与策略，祝福你拥有怡然自得、不费力的一天。

我会活得更好 ▶

失去的时候,分开的时候,断裂的时候,亲吻说再见的时候,离别的时候……每一个不见得喜欢的时候,感触万千。

岁月一直一直来,过往一直一直退,悲欢离合有时由不得人,走到底,无法进,无法退,放手看来是必然的下一步,放下之后才能更新,才能重生,不管多想念,多舍不得,睡醒一翻身,又是全新的一天,迎面而来。

就在今天,我做了一个简单的决定。

我决定,从今往后,我会活得更好。所谓更好的意思是,我想真正随顺心中的意志,诚实去做自己认为值得的事。我不想辜负你的爱,也不想辜负我自己,就算与你肩并肩,谈笑风生的时候,再不复得,或许人生无法随时随地都快乐,我明白,而我也真的不想再有更多遗憾了。

活着，一天天，一年年，十年二十年转瞬即逝，这是一条自我实践的道路。

为自己的人生负责，我很清楚这是我的选择，至于别人怎么看，怎么说，人生苦短，杯酒交错间，缘起缘灭，各有风华，若坚持的道路不同，那么我，又何须苦苦执着，耿耿于怀呢？

如果有一天，还有机会与你相见，希望能够紧紧拥抱你，无悔无憾告诉你，我爱你，我好想你。这份浓烈的爱现在我能将之转向内在，化成温暖的支持，支持着我，也支持我所爱的人。

这是我选择记住你的方式，回到内在权威与策略，我会活得很好，我会让自己的生命发光发亮，请放心。

第四章 准备好,大显身手吧!

有些事情，并不是你的问题 ▶

不要妥协，听从你的心声。

有些事情，并不是你的问题，仔细去区分，没错，许多事情可以操之在己，但同时，这世界上也还有很多事情，要承认，现在的你无能为力。

如果现在没人懂得你，想一想，你是否全力以赴了？若扪心自问，无愧于心，那么请别因为想讨好谁，想取悦谁，而让自己有任何委屈或妥协。退让，不会让你找到出路，反而会有更大的风险，让你失去自己。

学习接受，世界上有些事情真的不是你的问题。若是源于抗拒，试图想扭转对方的想法或看法，只会让你走到最后去恨别人也恨自己，所以，请不要浪费精神在那上头。你真正要处理的问题只有一个：

深耕自己，把自己准备好。

每个人都有自己的风格，每种风格都需要被尊重，如果现在对方无法欣赏你，那很好，这世界很大，请继续坚持，有一天，你一定会遇见知音，他能看见你、懂得你，对你的存在无比珍惜。

请回到你的内在权威与策略，朝你所相信的方向去努力，渐渐地，你将发现原来以为的问题并不是什么问题，活着，会是很好的体验。

体验自己，也体验与对的人相遇。

再说一句都嫌多

够这个字很有趣,是一个"多"字加上句子的"句",不知道古人怎么演绎这个字,才会演变成最后这样的组合。如果静静只看着"够"这个字,自由发想,我会说,如果真觉得"够"了,那么应该可以解释成:连再说一句都嫌多。

因为已经非常足够,不管是正面的滋养,或是负面的堆积,情义爱恨都有过,累积的分量够多,于是,解释显得多余,何必再说?该说的都已经讲完,费尽口舌到最后,还不是各人有各人的路走,事已至此,每个人眼底的风光皆不同,既然如此,就别再说了。

别再说,该做什么就去做,该分散该重逢,该是你的不是我的,爱恋还在不在?多说少说也不会改变事实,只能说,我和你,缘分,没有足够。

请回到你的内在权威与策略,既然这样,就洒脱点,何必歹戏拖棚?

这个世界真的比你以为的大得多,既然用心认真过,就对得起自己,别再回头了吧!昂首阔步,坦然直率继续活,我爱过,所以继续过,深呼吸,今天很简单,既然决定够了,就可以放他自由。

也让自己真正自由。

你所热爱的,就是道路 ▶

当你执意每一步都要正确,往往就很难正确。

当你用脑袋拼命快速运转想找解答,所谓的解答就像命运般嘲笑你,找来找去,都不过是在迷宫中转来转去徒劳无功。

当你内在紧抓完美的标准,认为非如此不可时,你认为应当会发生的一切,反倒与你越离越远,心中所渴望的爱与光,反而快速后退不复得。

你渴望追寻并创造有意义的生命?真正的答案无人告诉你,这一切如同巧妙布局的谜语,你得自己参悟那道理。

在树林里迷路的时候,停下来,聆听你的心,让路现身来找到你。

关键的线索是:你所热爱的,就是道路。

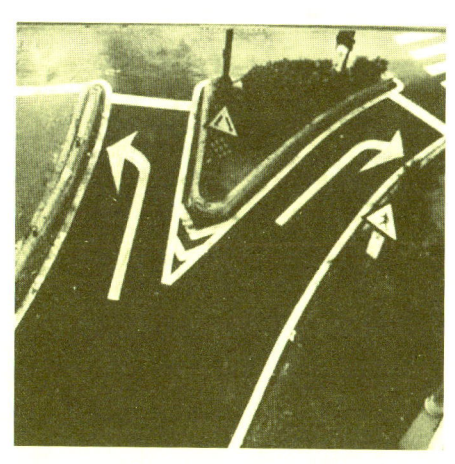

　　如果这方向会带来爱与美，与你的心相互呼应，那么对你而言，这就是一条正确的路。换句话说，如果现在正在发生的一切，你很清楚没有爱、没有光，也没有美好伴随而来，为什么你还要让自己深陷其中呢？

　　请回到你的内在权威与策略，想一想，停。看。请选择，有信心沿路继续走下去，不知不觉，生命会带着答案显现，找到你。

简单的人最聪明 ▶

提醒自己，别以既定的思维，在脑袋中胡乱翻搅，将原本很简单的一切，恣意衍生出更多不必要的枝节。

回归最简单的基本面，做该做的安排，该答复的，需要厘清的，尽可能都做到最好，然后，你真正该学习的是放下，或者应该说，这一次请你放自己一马，让疲倦的心得以休息。

真正聪明的人，不会拿聪明来对付自己：设想每一种可能会面临的难关，揣测每一个人可能会做的坏事、怀抱的恶意，为此搞得自己无法放松，紧张兮兮，外在环境就算风平浪静，你还是觉得疲惫不堪，因为这些自认聪明的算计。

把你的聪明，用在让事情更简洁，让众人更方便，让一切更简单。

请回到你的内在权威与策略，难的是简单，留下一个最单纯的自己，澄澈又透明。

准备好,大显身手吧!

跳入的瞬间

就像游泳一样，跳入水中的一瞬间，全身皮肤的每一个细胞，突然间接触到透心冰凉，不由自主突然"啊"一声惊呼，随即肢体总会自动化略微僵硬，陷入一阵初到新环境的局促不安。

这时候的你，可以立刻退缩迅速爬出游泳池，也可以鼓励自己奋力一搏，继续努力往前游，如果你选择的是继续，游着游着就会越来越适应，游着游着就会越来越得心应手，然后真的不用多久，就能开始享受与水流合一忘我的快乐。

开始总是有困难，我们对未知感到困惑，其实事情或局势本身并不难，难就难在你对自己的不确定，心魔总在一念间，是你放任它膨胀至诡异的程度，你也可以微笑看着它，渐渐在掌心中缩小，没多久，消散在空气中。

　　跳入的瞬间，所有的紧绷与忐忑，其实都是很棒的体验，让你有机会体验自己内在灵魂的本质，体验那个冒险的、灵活的、无惧的、勇往直前近乎天真的自己，那么活力充沛，独一无二，随着水光潋滟浮动前进着，如此闪耀又美丽。

　　请回到你的内在权威与策略，享受过程中的每一刻，时时刻刻挑战都不同，乐趣也不同，请放心舒展自己，尽情享受，与生命之流合一。

谁说的？是我。

"我只是照你说的去做……"

当一个人说出这句话的时候，是不负责任的。

谁说的，别人说的，是吗？这指示可能来自你的另一半，或者你的老板，但在接受这个任务之后的每一秒，选择权就落在你手中：你选择做，或选择不做，你选择如何执行，花多少时间，多少心力，每一刻，都出自个人的选择。

当结果不如预期，或者事情进展不如人意，抱怨、推卸责任其实都于事无补，但是，若认为遵照规则行事的人，就能置身事外，并不成熟。

这是一个人选择看待生命的态度，如果一个人眼中都是别人的错，那他永远都不会成长，习惯拖拉、开口就说"我不知道"的人，不会茁壮，也不必摔跤，事不关己的同时，那些经历挫败之后所伴随而来的成熟,宛如生命力交缠奋战所酿成醇厚的酒,不会属于你,因为深度与智慧只留给那些愿意冒险承担,为自己的决定真正负起责任的人。

请回到你的内在权威与策略,谁说的?是,我。

是我说,这是我真心所爱,是我说,要与你一起勇往直前,是我说,我选择了爱,选择了行动,选择了专心致志,让一切行得通。

是我,有力量在我手中。

你不需要成为一个讨好人的人

如果你说好,这个好要源自内心的真实渴望,是真正愿意,不是为了想取悦谁,或是想让谁开心,别轻易委屈自己。

你不需要成为一个讨好人的人,真正的朋友会懂得你。

但是,在他们懂得你之前,你得自己负起责任,让他们有机会看见真正的你。你得先表里一致地表达心意,让周围的人真正了解你的个性,明白你的立场与做法。承诺与答应的那个你,与面对限制所以拒绝的那个你,都是你。

请回到你的内在权威与策略,在情绪如海浪,起伏不停歇的当头,保持内在的清明与平静。

如果你说好,那会是真实的好,如果你说不好,心中也很清晰拒绝的理由与原因,没有伪装,没有隐瞒,也没有暗藏玄机,只要勇敢活出真实的自己。

真实并且真正地活着,不必讨好别人,过好自己的人生。

准备好,大显身手吧!

错的人 ▶

我要先说明一下,这里所谓的"错的人",不见得是坏人或是烂人,人各有志,错的人,仅仅就是某些人,在某个当下不预期地出现了。但是,很抱歉地,他们无法支持你,也没带来温暖,反而让这原本已经不容易的一切,变得更艰难。

如果你遇见错的人,你知道的,外头的世界很大,也很容易动不动就充满各式各样的错误,先别生气,生气最后累的是自己的身体,也不必恨他们。花气力在他们身上,只是浪费你的生命,虚掷光阴。

让我们学习更客观,也更抽离一些,这些人本身极有可能并不坏,只是在此刻,在当下,对你无益,如此而已。

怎么办?

无须憎恨，也不要逃避，你只是看见他们，真真实实地看见了。是的，我们活在同一个世界里，但是，彼此心智可能存在于平行宇宙里，我们永远可以学习优雅而清晰地，将不属于自己人生的错误，区分出来，既然如此，何须回应？何必让这些错的人来影响你？

将自己宝贵的力气，放在真正在意，真正钟爱的人事物上，让这个世界的未来，因为有我的存在，因为我的慷慨付出，认真分享，而有机会变得更好。

请回到你的内在权威与策略，你认为是错的人，他们有其轨道，你也有你的，我们各有其坚持，也各有其归途，请放掉错的人，好好与对的人一起努力，珍惜你自己。

无私的心 ▶

　　这个世界非常大,里头包含了各式各样的人,各式各样的思维与活动。

　　你和我自成一个小宇宙,我们可以选择封闭,自以为只要管好自己,好好运行无虞,独善其身就足以保全。而事实上,终究无人能独立于整体之外,若没有选择站在自己的立场,为家族或国家的需求发声,展现身而为人的影响力,就只能随波逐流,被世界所影响。

　　许多创新与革命性的举动,在一开始萌芽的时候,看来几乎都是徒劳无功的。

　　但是,如果你很清楚自己明确的心意,明白这是自己的选择,这选择并非出于自私,而是为了更高的原则与理想而奋战,那么,就算一开始觉得自己走得好孤独,都不要失志,

更别放弃。

坚持,会让原本僵硬的一切崩解,你的影响力如果够坚定,那一瞬间,会让每个看起来微不足道的小小个体开始融化,然后,我们将再度融合在一起,成就一颗无私的心。

请回到你的内在权威与策略,扩展自己的小宇宙,为你所相信的原则而奋战,这是进化的开始,这是不可避免,一场进化的伟大旅程。

世界会走到你的面前来 ▶

　　你以为要冲撞，你以为要追赶，你要自己跟上世界的潮流，你告诉自己凡事皆要用尽力气，才可能会有期盼的结果，是吗？真的是这样吗？

　　想象，莫奈的花园，静静地，存在。

　　当时的莫奈正专注在湖畔的光影，莲花静静开。那一刻，仿佛这世界上只有他看得见那光影绚烂转换，足以令人目眩神迷的美丽，那瞬间，他的眼中没有别人，或许连自己都已经遗忘，单纯地，他只是与所热爱的事物合一。

　　接下来发生了什么事情呢？

　　美，透过他，传递到这世界上来，众生对美的期望，几乎就是一种本能，不管我们在世界的哪一个角落，都生出莫名的渴求，渴求走进他的世界里，没有谁追逐谁，没有不足，也没有缺憾,如果这是爱的能量,就会自然而然穿越你以为的障碍,静静地融合在一起,宛如那莲花安然静谧,与我们同在。

无须着急,当你愿意安静聆听自己的渴望,对自己下足功夫,成为自己本该成为的模样,等时间到了,因缘具足,这世界必定会走到你面前来。

请回到你的内在权威与策略,你看见内心的花园了吗?好好爱护它,珍惜它,耕耘它,你不必成为世界的中心,因为世界将以你为中心,美妙地展开。

整体运作的法则 ▶

别自以为,这世界只剩你一人孤军奋战,然后莫名掉入悲情。没错,你的感受很真实,但是感受是感受本身,每个人自行衍生出来的感受,不一定是真相。

真相是什么?

达文西说:学习如何去看见,了解万物彼此相连。

如果我们能够放大再放大自己的视野,像是站在宇宙的边缘,遥遥看着地球那么远,或许就能了悟,这整体冥冥中,自有其运作的法则。你自成一个小宇宙,同时每个小小的宇宙,也随着这整体运作法则,底层顺应美妙的轨道运转着,如果明白了,也愿意终于臣服于这道理,就越发自在,能够自处。

既然如此,如果此刻感觉孤独,就去拥抱孤独想传达给你

的礼物。如果觉得辛苦，是因为你还不熟悉自己原来可以这么有力量。如果在生命中碰到背叛或离别，那是宇宙说，可以重新再辨认自己的位置，懂得世事开始结束终有时，得以成熟。痛苦是快乐的反差，缺一不可，否则完整无法存在。

这一步不仅仅是这一步，那是上一步的延续，也是下一步的延伸。

请回到你的内在权威与策略，我们相互以不可思议的方式连接着，安全而稳定地被爱环绕着，无须无谓担忧了，忠于自己，这世界必有安排。

宇宙爱你。

翅膀

每个灵魂都拥有一对翅膀，可以带领你在自己的天空里，自由飞翔。

你可能压根忘了这档子事，把自己的翅膀搁置在某处，看不见，也不去想，又望着那些有翅膀高飞的人，既羡慕又嫉妒，感觉自己好渺小。

每一次，当你开始自我质疑，或者开始否定自己，都会让原本美丽的翅膀蒙上一层灰，灰尘越积越厚越沉重，越难被看见，你的才华天赋与强项，在体内完全转成休眠状态，好可惜。

怎么办？

首先，你要先停止羡慕别人，仔细搜寻自己的翅膀遗落何方，这可能要花上一点时间，但是请以你的节奏来进行，莫急躁，也别担心，一定找得到，请对自己有信心，当你找到它，请温柔地将上面的灰尘轻轻拍干净，这是你的翅膀，是不是好美丽？

一开始练习展翅飞翔，你可能会苦恼于自己使不上力，这很合理，因为你这么久没有使用它了，总要花些时间再度熟悉，慢慢地，你将逐渐发现，体内真实的自己全然清醒，与这对可爱的翅膀合而为一。

请回到你的内在权威与策略，别傻了，你是天使，当然会飞翔。

赚多少，老天爷注定好

　　这一辈子，会有多少领悟，会爱上谁，或被谁全心全意爱着，会赚多少钱，会遇到多少人，……是意外吗？

　　对人类既定固有的，有限脑袋里的认知而言，找不到脉络可依循，容易莫名引发焦虑，如果这世界上真的有神，有老天爷，他会笑意盈盈望着你。

　　"怎么会是意外呢？别忘了，我在这儿顾看着你呀。"

　　这世界看似纷扰混乱，其实都是最好的舞台，让你体会这一生要经历的离合与悲欢。

　　或许你是对的，赚多少，是老天爷注定好的。缘分天注定，有缘不见得有分能够长相厮守。但是呀，或许你也根本就是错的，错在你以为老天爷很小气，注定要给你的限额很低，其实并不然。

有很多很多事情，超出你的意料之外，看似失控，其实隐藏着巨大而真实的祝福，会牵引你走到下一步，再下一步，总有路走，一转弯，当对的时节到来，繁花盛放超乎你预期，迎面而来。于是，我们才会恍然大悟，与其把焦点放在外头，还不如只要专注地，想着如何认识自己，懂得自己，诚实遵从自己的心意，用心往前走，在这个舞台上，在这条路上，每一刻都尽可能绽放自己最大的光彩。

请回到你的内在权威与策略，当你做好自己，老天爷就有安排，一个人注定这辈子可以赚多少精彩呢？

让我们一路继续走，尽情尽兴，一定会体验到爱。

不要放大自己的问题

别人认为极为重要的议题，在你个人的世界中，可能只是沧海一粟，反过来说，你穷尽一生之力，认真努力钻研的一切，在其他人眼中，不过也就构成人生百态其中的一幅风景。

如果你看懂这件事，就不会莫名去放大自己的问题，或者存有先入为主的天真，认为别人一定能够理解，必定可以体谅，你会明白人与人之间，并没有什么理所当然，别人对你好，是你幸运，若是意见分歧，才是常态，让你可以努力去扩展自己内在的容量，找到与人为善的可能。

不见得每个人都能懂你，这不是什么问题，别放任自己钻牛角尖，事实就是如此。

我们各自创造与外界接轨的界面，各有各的庆幸，也各有各的悲伤，拥抱不同的幸福，面对光阴流逝宛如手中撒落的流沙，每个人都有各自的诠释与功课。

人生不见得容易，你真的不必继续放大自己的问题，每个人的生命中，都有好消息，也有坏消息，幸运与否，取决于你如何看待，如何面对，如何处理。

请回到你的内在权威与策略，努力可以努力的，沟通可以沟通的，做你该做的，然后，心平气和尊重别人的不理解，同时，也好好尊重你自己。

翅膀下的风 ▸

当你飞翔的时候，常常忘了翅膀下有风。

在你任性的时候，在你沮丧的时候，当你陷入黑暗深渊，以为前方不再有希望，苦痛似乎没有尽头的时候，想想看，谁是你翅膀下的风？

谁会跟你说，别急，别怕，别担忧，相信自己，让我们迎风再飞一回，翱翔的时候，才能看得更远，如果延伸原本狭隘的观点，就会知道这世界上真是没有解不了的难题，一定可以找到解决的方式，迟早而已，不要失去信心。

这一条人生的道路，顺风有时，逆风有时，当一个人把苦与甜都尝过，才会真正懂得，成熟的意思是终于可以看见一直以来，自己翅膀下隐形的那阵风，无形来去之间，鼓舞你，提携你，关怀你，让人感到温暖，越飞越高，才得以看

见更高的天空。

请回到你的内在权威与策略,若是今天有任何人突然浮上你的心头,不要忘记,找个机会好好向这个人表达自己的感谢,谢谢对方曾经如此无怨无悔,倾注心力,专心为你付出过。

必定是抱有一片极宽广的爱,才能化为翅膀下的风,为你欢喜为你忧。

人之患

当你以为自己可以替别人解决问题（我们好容易认为这就是贡献的真义），在你自我感觉良好并一股脑任意付出前，请等一等，并想一想：

别人是否真的需要你伸出援手？

他们开口了吗？

还是你自认对方有这样的需求？

你的介入对方真的欣然接受吗？

你有没有以爱为名，不自觉地以"我就是为你好"的心态，硬是将自己的价值观加诸对方身上呢？

人之患，在好为人师。

好为人师，其实底层隐藏了一种隐性的傲慢，一来，你并没有尊重对方是一个独立自主的个体，有能力解决自己的人生议题。二来，这无形中造成了一种依赖与被依赖的行为模式。老实说，不管哪一方，最后没有人会觉得自己的力量由内而生，仅剩空乏耗损之感。

真相是，并没有谁比谁更好，我们只是各自在各自的轨道上，做着该做的事情，学习该学的课题。贡献的意思是，我们尊重彼此的不同，愿意给出空间，让每个人都能呈现出自己最好的那一面。

今天请回到你的内在权威与策略，练习提升自我的察觉能力，我们依旧可以满怀热情与爱，不断付出，只是在投入任何行动之前，请更有察觉，区分自己真正的意图，尊重彼此的自主性，才是关键。

鲤鱼跃龙门

鲤鱼为什么可以跃龙门?

是它比较聪明吗?还是它比较努力?到底是过于天真还是过度成熟,足以支撑它溯流而上,放肆去做个龙门一跃,从此飞龙在天的美梦?

若想跃过龙门,鲤鱼们,其实关键就在于:你有没有能力彻底转化既有的不利因素,跳脱原有的范畴去思考,转换角度,重新整合你手上的资源,出奇制胜。

不是每条鲤鱼都能跃龙门,这是我们生存在物质世界的真相,机会有没有,没有人知道,翻不翻得过,没人能保证,但是,如果不放手去做,就一点机会都没有,安于现状固然安逸,却无法激发自己的潜能,从内而外你得有一股狂野的动力,才能自鲤鱼突变成金龙,腾云而上,翻滚至天际。

请回到你的内在权威与策略，有时候，人就是要多那么一点点疯狂，多那么一点点奇异的灵感，还有很多很多努力，然后，谁知道呢，或许下一秒，奇妙的事情就这样发生了。

祝一跃而上，翻滚愉快。

坚持去做，你认为是对的事

你的为难在于，究竟要随波逐流，人云亦云，还是选择听从内心的声音，坚持去做自己认为是对的事情。

我们常常妥协，因为不想面对自己的孤单或恐惧，我们以为，这些生命中大大小小的妥协，其实没什么大不了，你配合东配合西不知不觉把自己搞得很廉价，然后永远搞不懂，为什么生活里充满一堆烂事，而你永远是最无辜的那一个。

如果你愿意，请停下来想一想，在过去所有尝试错误的经验中，是不是你自己先放弃了立场？是不是你害怕了？胆怯了？所以选择与魔鬼交换了灵魂？其实，生命中最恐怖的事情，并不是面对自己的孤单，而是被恐惧孤单所操控，最后出卖了自己，任由负面能量来袭，而放弃去做你认为对的事情。

要维系团体运转,妥协并不是答案,有时候你需要不偏不倚,依循内在的秩序与准则做选择,才能真正找到方向,让人生充满和谐与爱。

请回到你的内在权威与策略过生活,对自己有信心,妥协并不是必须,没有人要你委曲求全,请相信自己的力量,放手去做对的事情吧!你会懂得求存的艺术,你将充满创意,找出生存之道。然后,不要怕,宇宙与星星的力量,都与你同在。

准备好，大显身手吧！

这周适合向外扩展，你准备好要大显身手了吗？

有一年，我去欧洲自助旅行，为了省钱，选择坐一天一夜的渡轮，从希腊到意大利去。那一夜，大船驶离岸边，我独自一人，背着背包站在甲板上，黑夜像无边际的海洋淹没我，如同我脑中泛滥的恐惧，在宁静的暗夜更显喧哗，狠狠吞噬我的信心，我看不见满天星星闪烁，只听见自己的渺小与焦虑，莫名害怕着，胡思乱想着那些还没发生（或根本不会发生），但在脑袋中却如此真实得像是已经发生了的危机……

"停！"不知从何而来，突然有一句坚定无比的话，可能是宇宙对我说的，"你害怕明天，但是你只能活在当下，如果活在当下，明天就不存在了。"

刹那间,我那过度发达、总是异常吵闹的大脑,哗!像是被泼了一桶冰凉的水,得以安静。

如果当下可以做的都做了,何不安然享受今夜的星光?与其让恐惧主宰你,为什么不选择相信自己?

向前探索,没有任何人可以跟你做保证,你只能遵循自己所相信的信念活着,呼吸着,相信自己有一颗敏锐的心,足以适应接下来环境的种种变化,相信自己充满力量,可以回应,可以改变,可以走出一条优美的求生之道。

永远可以回到你的内在权威与策略过生活,宇宙说,向外扩展的时机点到喽!你准备好要大显身手了没?我知道你准备好了,那就开始吧!

人生苦短,请放手去做!

你的没有安全感,你的恐惧,你害怕自己能力不足,你所担心的一切,都无法被解决,除非你开始采取行动,除非你自己愿意,动起来。

失败究竟是什么?

除非你全盘放弃了,否则,哪有失败这回事?每一步都只是过程中的一部分,每一步都是你在调整中学习,在学习里精进,然后找出一条可行的道路,让自己成功。

事情并不容易,但是也没你想的那么难,没有行动就没有验证的可能性,这世界上没有任何事情是有保证的,唯有你自己步上这条探索的道路,一探究竟。

谁知道呢?可能接下来一切都会很棒,也可能到头来,证明你原来的想法是个死胡同,需要彻底推翻既定的假设,从头再来。若真的是如此，其实也很好，至少你就不会心怀悬念，在梦想与幻觉中搞不清楚，虚掷光阴。

Just go for it!

请回到你的内在权威与策略，该做的就放手去做吧。人生苦短，请放手去做你真心热爱的事，尽情尽兴，不枉此生。

你不需要成为超人

当滥好人并不代表是好人,如果答应之前,没有仔细考量自己的资源、人脉与能力,很容易因为承诺过多而伤人害己,得不偿失。

今天不管是大事或小事,在你答应之前,请好好思考,这真的是我能力所及吗? 我答应是因为希望对方开心,还是想避免冲突?还是我自己不愿意面对拒绝之后可能引发的爆裂场面?又或者是不想辜负别人对我的期望,我想证明自己是好的,是有用的,是值得信赖的,所以,我才会拍胸脯说好吧,就让我来吧。

永远不是别人"害"你答应了什么,不管在情绪上喜不喜欢,从结果来看,当你"答应"了,这就是出自你的选择。

滥好人往往真的很想当好人,但是这样的意图之下,有许

多值得深思的地方。

请回到你的内在权威与策略,了解自己的限制所在,对可以做到的部分充满自信,也愿意诚实沟通自己无助的地方。

你不需要成为超人,也不必取悦别人想变成万人迷,喜欢你自己,别人就会开始欣赏并尊重真正的你,一个愿意以自己的原则过生活的人。

别想改变任何人

你、无、法、改、变、别、人。

既然如此,对于他人的行为或言谈感到火冒三丈,究竟从何而来?今天如果某个时间点,你内心的那座小火山被引爆了,在口出严厉的言语之前,或让狂怒吞噬你之前,请好好问问自己,我究竟在气些什么呢?

你不可能改变风,也不可能改变云,你如果想改变别人,改变自己的父母,改变老板,改变同事,改变自己的小孩……这就像用尽所有力气去推墙壁,你推得好认真,推得好奋力,但是墙壁仍旧矗立,所以,你好生气!

接下来你打算如何呢?你是打算为此拼了?开始练习去推万里长城吗?

注意到自己的执着,注意到自己的情绪,你只能对事不对

人,请放下改变别人的心,也请放下你对自己的评断。

每一个改变必须从每一个人的内心出发,从外硬来是徒劳无功的,最难也最简单的做法就是,当自己的心念改变了,你将神奇地发现,外在的每个人也悄悄改变了。

请回到你的内在权威与策略,执着所为何来?看清楚之后,怒气将如风消散,这是需要好好观照自己的一天。

老实行动的人最有福 ▶

今天就老老实实,采取行动吧!

你到底还要想多久呢?不要被自己打败,别再让多余的恐惧、焦虑绑住你,开始采取行动,你才会发现,脑中巨大的恐惧将逐渐消退,你所想的与现实并不见得相符,既然如此,又何必一直自己吓自己呢?

聪明的人容易恐惧,很爱评估,反复分析,想找出一条看似最省力的道路。但是,如果没有确实行动,计划是计划,理论是理论,愿景永远最美,但也总是和你没多大关联。将对的人汇集到对的道路上,这需要时间,也需要智慧。而现在的你所能做的,就是把力量用在实践目标上头,唯有卷起袖子去行动,如此一来,珍贵的体悟会发生,对的人将不断被吸引到你的面前来。

空想无益，老实行动的人最有福。

请回到你的内在权威与策略，纵身一跃，诚实面对自己内心的渴望，也接受恐惧与担忧将永远如影随形。既然如此，行动见真章，不放手去做，你怎么知道结局会如何呢？

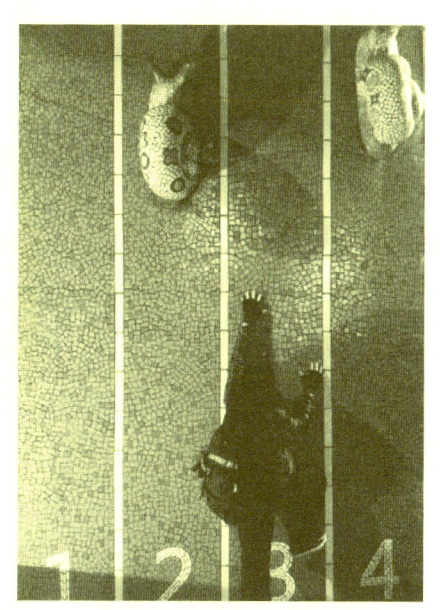

准备好，大显身手吧！

喝完这杯，外头阳光灿烂 ▸

喝完这杯咖啡，然后就没什么好怕的了。

过去的已经过去了，如鬼魅，如幻影，每一寸的恐惧纠缠，皆如海市蜃楼，阳光出现，宛如露珠自然而然凭空蒸发掉了，没有踪迹，像是从来没发生过一般，突然感觉到，生存着，活生生，再喝一口咖啡，不真实的人生，很真实。

没有什么难得倒你的，就算不知从哪里来的自信，很笃定，日子就会继续过下去，无关乎你感伤与否，愿不愿意，外头阳光灿烂，没有过不去的事情，流转的世界兀自流转，你在这里，下一秒，要去哪里，随顺心意，又有谁挡得住你？

没人挡得住你了，所以你也不必挡着你自己，想做什么就去做吧。

　　趁着阳光正好，青春依旧，别再为自己制造出无谓的障碍与困难了，烦恼那么多，还不如起而行，纠结忧郁又如何，抛不开的或许也不是包袱，而是贵重的礼物，是生命的体会，让你这个人更丰富。

　　请回到你的内在权威与策略，想什么呢？美好的日子，不就在眼前吗？

　　幸福你说了算。

光阴是把刀

最后,那些回忆究竟哪里去了呢?

光阴是把刀,过往发生的枝节,不见得问过谁,也不必被核准,就这样自行砍去删减,最后留在我与你的脑海里,残留拼凑,剩下一首诗。

既然是诗,虚幻成谜。

记忆封存之后,色调更值得玩味,暗黑更幽暗,鲜红越艳魅,若留下了细节都镶上金边,遗憾的是遗落的情节,消失不见如幻觉。我记得一些,也忘了很多,你的姿态依稀可见,情谊就算不再,怦然袭来的感受,还存放在我的心跳里,那是回忆,为我专有。

人生走到这里,很难公平,有的人留下,有的人远走,这世界不留踪影的事情太多,如果今天,难得你想起了我,但愿想起的都是美好，我想念你嘴边扬起的微笑，那是我还没遗忘的甜蜜，暖暖在心头。

请回到你的内在权威与策略，日子如滚轮翻转前进，回忆如影随形，曾经如歌的行板，如诗的记忆。

你好吗？

我很好，也愿你一切都好。

Better 读者调查

感谢您参加《爱自己，别无选择：每天练习跟自己在一起》读者调查活动，传真或邮寄此页（附购书小票）回编辑部，即可获得神秘礼品一份（数量有限，赠完为止）。参加此次活动者还将通过邮件不定期收到Better系列的最新出版信息，敬请期待！

Step1 您的基本资料

姓名：_____ 性别：□女 □男

年龄：□20岁及以下 □20-30岁 □30-40岁 □40-50岁 □50-60岁

电话：_____ E-mail：_____

学历：□高中（含以下） □大学 □研究生（含以上）

职业：□学生 □教师 □公司职员 □机关 □事业单位 □媒体 □自由职业

Step2 您对本书的评价

您从哪里得知本书的信息：
□书店 □报纸 □杂志 □电视 □网络 □亲友介绍 □工作坊 □瑜伽馆 □其他

读完这本书您觉得：

内容：□很吸引人 □还好 □枯燥（请说明原因）_____ □您的建议_____

封面设计：□够酷 □还好 □没注意 □不好（请说明原因）_____
□您的建议_____

价格：□偏低 □合适 □能接受 □偏高 □您的建议_____

Step3 您的建议

您喜欢哪种类型的书籍：

□经管 □心理 □励志 □社会人文 □传记 □艺术 □文学 □保健 □漫画
□自然科学 其他_____（请补充）

您不喜欢哪种类型的书籍：

□经管 □心理 □励志 □社会人文 □传记 □艺术 □文学 □保健 □漫画
□自然科学 其他_____（请补充）

您给编辑的建议：_____

华夏出版社地址：北京市东直门外香河园北里4号 **Better**编辑部
邮编：100028　　传真：(010)64662584
Better编辑部 博　客：http://blog.sina.com.cn/betterbookbetterlife
　　　　　　　　微　博：http://weibo.com/1617597092

请延虚线剪下装订寄回，谢谢！